緋彈的亞莉亞
Aria the Scarlet Ammo
追逐茉莉花
XXX
30
赤松中學

1彈　蛇夫

互利共生的盟約獸——海卓拉與阿斯庫勒庇歐斯。

我擊敗了盤踞於阿尼亞斯學院的「N」的巨頭……

（還沒。還沒結束……！）

然而，我卻發現了今晚還要再戰一場的可能性。

這與其說是預感，更接近於一種確信——

（……爆發模式還持續著。可是大概只剩十五分鐘左右……）

在強風從破掉的窗戶吹進屋內的化學社社辦中，我偷偷看向被蕾姬狙擊到頭部而躺在地上的阿斯庫勒庇歐斯、依然講不出話來的米澤麗以及沉浸於勝利餘韻中的巴斯克維爾小隊成員們，也就是在場的所有女生。

雖然因為這樣很不合倫理，我並不是很想做，但畢竟根據狀況發展，我可能需要為血流追加燃料——

「……你幹麼眼神像色狼一樣盯著人家看啦？」

亞莉亞妳直覺真準啊！

不過爆發模式下的我，還是對她瞪向我的紅紫色眼眸還以一臉虛無的微笑。

「我這是天生的啦。就好像RPG的角色沒辦法輕易改變職業一樣，人也沒辦法隨便改變自己的長相啊。」

「……什麼職業嘛。哦哦對了，聽你這樣說我才想到。我之前原本還覺得如果以勇鬥來說你或許是戰士，但其實不對呢。」

「要不然是什麼？」

用酷酷的態度逃過一劫的我，對於亞莉亞改變了話題的事情不禁感到鬆了一口氣。

「是魔法師呀！金次的招式根本已經是魔術的領域了。就像剛才那招讓手腳看起來增加得有如章魚一樣的攻擊也是。」

聽到亞莉亞把玖那由多形容成章魚，白雪和理子都嘻嘻笑了起來……因為知道了克羅梅德爾的真面目而感到愕然的米澤麗，也稍微把注意力轉向那樣氣氛和樂的巴斯克維爾小隊了。

雖然亞莉亞講的笑話在誤打誤撞下讓米澤麗的情緒稍微穩定下來是一件好事……但既然都說我是魔法師了，真希望以後在組戰鬥隊形的時候可以把我排到後面去呢。畢竟我對自己的體力（HP）可沒多大的自信啊。

正當我如此嘆著氣的時候……

「哎呀~真教人捏把冷汗呢。」

關西武偵局的轉裝武偵——乙葉瑪莉亞從窗戶進入室內。而且跨過窗緣的時候，還讓她裝有小型手槍 Glock 26 的槍套從滴著雨水的裙襬下微微露出來。看來是因為F－4的空襲行動取消的關係，所以她從設定為避難處的山腳下又爬上了這所學院所在的源氏山。

「這就是潛伏者是唄？哇，她臉蛋跟小城優子完全不一樣咩。原來有變臉過呀。」

乙葉蹲下來觀察了一下受白雪緊急治療過的阿斯庫勒庇歐斯後，「嘿咻」一聲抓起她的手臂背到自己背上……

「那咱這就把她送到醫院之後再跟你們聯絡啦。感謝各位的合作。」

說著，對巴斯克維爾小隊的成員們拋了個比一般偶像還要有女生魅力的媚眼。

「——等等。逮捕了那個女生的人是我們喔。妳明明是後來才來的，卻想把功勞搶走嗎？」

對於乙葉準備把失去抵抗能力的犯人擅自搶走的行為，亞莉亞頓時不悅地垂下嘴角。然而……

「那是咱的臺詞好咩，咱可是潛入這所學院半年之久喔？」

背著阿斯庫勒庇歐斯的乙葉也豎起她美型的眉毛，毫不讓步。

在這點上乙葉和巴斯克維爾小隊都沒有事前講好，算是雙方的失誤。兩邊的說法各自都有道理，不過——

「算了，就讓她帶走吧。」

我說著，伸出一隻手制止了亞莉亞。

對於我這樣的行動，不只是亞莉亞，就連身為任務隊長的白雪也露出「？」的表情。但……

「畢竟我們的專長頂多就只是戰鬥而已。妳就帶著潛伏者，要去哪裡都隨便妳啦。」

聽到我對乙葉又如此重新說了一遍……巴斯克維爾小隊的其他人似乎也聽出了什麼而不再多說，放走了阿斯庫勒庇歐斯。

等乙葉離開社辦五分鐘之後——因為在場還有身為一般民眾的米澤麗的關係……

「我稍微出去一下。我想跟她單獨講講話，妳們別太吵。不過視狀況發展還是要拜託妳們游擊了。」

我用亞莉亞她們可以聽懂的方式表示——為了不要刺激對方，我去一對一訊問一下。萬一演變成戰鬥的時候支援我。

接著我和默默望著我的米澤麗故意不對上視線，從她原本以為是模型槍的貝瑞塔中拔出彈匣，拉一下滑套，對排除了子彈的膛室吹一口氣，吹掉裡面的雨水後，再重新把彈匣裝上。彷彿用滑套歸位時「喀鏘」的冰冷金屬聲響拒絕米澤麗一樣。

（乙葉的車……ALPHARD在……）

我一直都不知道他把車配置在哪裡。上次我問他的時候也被他巧妙岔開了話題。

他很明顯不是把車停在學院的停車場，可是之前去田町跟秋葉原那天——需要用車的時候，他又能立刻把車開過來。那天天氣炎熱，而我坐上車的時候冷氣還不涼，可見當時車子才剛發動沒多久。

因此……

我將亞莉亞她們留在學院，自己來到位於山腰處、一條長長的雙線道路旁的一間汽車修理廠。

在一片風雨中，已經歇業的修理廠那扇生鏽的鐵捲門——下方似乎關不緊的縫隙微微透出光芒。

爆發模式……應該還剩五分鐘。

「你剛才不是說『要去哪裡都隨便妳』咩？」

從修理廠中傳來乙葉有點不高興的聲音。

看來他多少有猜到我會追上來的樣子。

「那是騙你的。」

我把腳插進縫隙往上一踢，強硬打開鐵捲門後……看到靠電池點亮ＬＥＤ日間行車燈的 TOYOTA ALPHARD 停在裡面。不出所料，就是這地方。

「好悶熱的車庫啊，連空調都沒有嗎？但或許那樣才舒服吧，對於阿斯庫勒庇歐斯來說。像之前健康檢查的時候，小城在開了除溼的保健室裡也看起來好像人很不舒服嘛。」

「沒錯。這女孩需要空氣中有水分。對傷患總要體貼一下唄。」

從 ALPHARD 車後現身的乙葉——沒有把往上掀開的行李箱門重新關好。雖然我隔著車前擋風玻璃看不清楚，但他似乎正在把什麼東西裝進車內的樣子。

「我本來是打算故意放你去跟N會合的，但基於某種原因，還是現在追上來啦。」

基於「爆發模式快要結束」這項原因的我，有點像在套話似地開口如此說道。

「之前那天也是下雨天——在秋葉原車站的開槍事件中，你是故意讓自己受傷的對吧？雖然在槍戰中故意讓自己適度受傷是很難的一件事，不過既然你是S級武偵就應該辦得到。反過來講，在當時那種程度的狀況下卻因為失誤而中彈的S級武偵，就算是在搜查類武偵中也不會存在。難道你以為像那樣讓我孤立，那些拿競技槍的姑娘們就能殺掉我嗎？」

「畢竟金次的狀況會時好時壞是很出名的不是咩？咱剛開始也想說應該那樣就能把你消除掉了，可是你從途中又忽然變得動作敏捷起來，成功撐過難關了呢。」

如花苞綻放般露出笑臉如此說道的乙葉，對於我提到「N」這個詞也不為所動。

——果然，他是**N的爪牙**啊。

大概一方面是因為個性愛講話，一方面也是不想跟狀況好的時候很強的我交手的關係，乙葉目前還願意跟我對話。

因此我為了讓他全盤招供出來，而把爆發模式的腦袋剛才想到的內容全部說出來：

「你當時明白那群女高中生們的開槍行為是來自海卓拉的遠端操控。換言之，你知道海卓拉可以進行分裂，也知道牠能附身於女生的事情。事到如今你可別想再跟我說

你沒有跟阿斯庫勒庇歐斯私通喔？」

「——啊哈！咱不會講那種話啦。」

還真是乾脆。

這代表他是要把我滅掉也好或是逃走也好，總有什麼手段應付，所以沒必要對我隱瞞事實的意思吧。

在這點上倒是很有男子氣概嘛，有馬鳩雄。省了我不少麻煩呢。

「你明知阿斯庫勒庇歐斯的真面目，卻表示米澤麗很可疑……藉此擾亂搜查，讓我們行動落後。而我也知道你這麼做的理由，你是在爭取時間。爭取讓海卓拉從阿尼亞斯學院的女生們身上收集魔力，完全恢復的最後這段時間。」

——『相反』——

爆發模式下的我已經發現，我們完全搞錯觀察這起事件的角度了。從剛才討伐海卓拉的行動往前回溯到我們接下這項任務之前的時間點，將一件一件事情仔細思考……就會發現在事件初期有個很大的漏洞。

——有個關鍵人物不存在。

就是判斷在阿尼亞斯學院中有N的成員潛伏的**通報者**。

我讀過大哥給的資料，這起事件是起始於關西武偵局通知東京的本廳說「強烈懷疑有N的幹部潛伏於此」。但是說到底，為什麼關於鎌倉的情報會是從關西武偵局上報的？

因此再把時間點往前回溯到這起事件的最開始仔細想想，就能推理出一件事情。雖然我很希望這項推理是錯的。

首先在最初……雖然關於理由我今後會再跟亞莉亞一起思考，不過……海卓拉與阿斯庫勒庇歐斯喜歡上阿尼亞斯學院的外觀設計，於是化為小城優子潛入到其中。然而這件事並不是由誰發現的。就連白雪都是聽過我的提示之後才總算能察覺到敵人的存在，我實在不認為毫無關係的一般人會透過超能力發現這件事。就算假設真是如此，那麼派不是身為超能力者的乙葉一個人到現場也很奇怪。

關西武偵局——**早就知道這件事了**。

在關西武偵局中除了乙葉之外還有N的夥伴，然後**是N告知這件事**的。

而N也提出了派遣人員的請求，在當時健康上有問題的海卓拉從女生們身上收集魔力恢復狀況之前進行輔助。跟瓦爾基麗雅一樣彷彿來自遊戲世界的阿斯庫勒庇歐斯為了長期潛伏於學院，想必需要學習怎麼裝成一名日本女高中生。因此被送進學院的就是擅長於「裝成女高中生」的轉裝生乙葉了。

另外還有一項根據可以支持我這個推理。

N通常都是三人一組在行動的。我們起初來到學院時都以為潛伏者只有一名，光是在這點上就已經錯了。雖然後來我們認為其實有兩人——或者說是一人加上一隻——但這也是錯的。實際上是阿斯庫勒庇歐斯、海卓拉與乙葉三人一組，潛伏於阿尼亞斯學院。

乙葉並不是什麼潛入搜查員，而是潛伏者。在各方面他都是個**相反**的人物。就像他的性別與外觀相反一樣。還有像名字的乙葉瑪莉亞（Otoha Maria）與有馬鳩雄（Arima Hatoo）讀音相反一樣。

然後──我們的行動也是反的。其實我們並不是主動進攻到學院來，而是被敵人引誘進來的。以N為起點，透過大阪武偵廳委託本廳進行潛入搜查，而本廳選上了我們，讓我們來到了海卓拉面前。這就是這次的骨牌終點。

雖然這骨牌乍看之下有很多可能不發生或被其他偶然因素介入的餘地，但既然起點是N，就沒有這些可能了。因為在N裡面有個存在，能夠讓這些骨牌按照自己的意思精密地一路倒下去。

（──莫里亞蒂教授──）

這是那傢伙描繪出來的一幅畫。透過提升到預知領域的推理能力──條理預知。

若不是那樣，這狀況發展也未免太符合N的意思──讓我們那麼剛好就出現在體力恢復的海卓拉面前。

莫里亞蒂在第一枚骨牌倒下的時間點，就已經知道最後會變成如何。

他能夠從遙遠的某處推倒成為起點的事項骨牌，然後一件事情接著一件事情讓骨牌逼近到敵人面前。就像是利用推理的子彈狙擊對手一樣。

──然而。

這世上也有能夠阻止那個推理狙擊的人物。化不可能為可能的男人，也就是我。

這次也是因為跟我扯上關係的緣故，讓我們被海卓拉殺掉的最後一枚骨牌沒有倒下。甚至還讓航空自衛隊都出動，使N面臨差點讓幹部被燒死的危機。換言之，莫里亞蒂的骨牌在最後的部分倒得亂七八糟了。

只不過那傢伙的骨牌似乎在更早之前其實就已經被我破壞的樣子……

「錯就錯在那個校內廣播呀，金次。海卓拉的身體還沒有恢復到原本的大小，只有七成左右。可是就因為被金次你們那樣挑釁，阿斯庫勒庇歐斯氣得不行啦。畢竟這女孩自尊心很高。咱是覺得還不要動手會比較好，但她就是不聽勸告，堅持要在颱風天殺掉你們。到最後就是落得這種下場。」

乙葉用感到無奈的口氣與動作如此埋怨。

「當事情變成要派航空自衛隊燒掉學院的時候——咱本來是想說這樣乾脆就把這麼麻煩的孩子一起燒死算了。可是哎呀，既然她現在活下來了就不得不把她救出來啦。誰叫咱們姑且算是同志。」

「——在關西武偵局中，也有所謂的『同志』嗎？」

想要確認自己的推理是否正確的我如此向乙葉求證後……

乙葉「啊哈哈」地把手背放到嘴邊笑了起來，彷彿在說「怎麼到現在還在問那種事情」的樣子。

「N的協力者到處都有呀！咱的**上頭**也是。」

「…………」

不妙。我希望是錯誤的推理竟然是真的。

與執政黨有人脈關係的乙葉從以前就常常提到關於自己的「上頭」——某位政治家的存在。而那位「上頭」也是N的支持者。N的同志在不知不覺間也已經滲入到官僚與政界，而且從N的活動範圍來想，這種事情絕對不僅限於日本，而是整個世界。

對，企圖讓文明倒退的「N」——並不只是單純的恐怖組織，同時也帶有革命思想集團的性質。就好像卡爾．馬克思只不過是寫了三本的《資本論》就改變了整個二十世紀的世界一樣，即使起點很小，贊同其理論的人也會不斷增加同志。

這項推理強烈顯示出……N毫無疑問已經**無法阻止**的可能性。

據說在一個世紀以前引爆了第一次世界大戰的莫里亞蒂……現在正以不同的形式開始在世界上引發某種新的混亂。而且已經無法阻止了……！

「……金次，你為什麼要露出那種像在看什麼壞人的眼神？」

就在我滿懷痛恨地瞪著乙葉的時候，他如此回應。

「真正壞的應該是用盡各種理由區隔人與人的這個世界唄？金次你也想想看，如果你身為一個男的卻一輩子無法脫下克羅梅德爾的變裝，你會遭受到怎麼樣的待遇？真正壞的應該是只因為咱天生外表像個女的……就把咱說成是受詛咒的小孩，把咱踢來踢去的大人們，還有不斷欺負咱的那群人唄？N就是想要發動革命，讓人們從那樣的思想中畢業呀。」

因為外觀像女性而一直以來受人歧視的乙葉如此嘗試說服我。

乙葉和克羅梅德爾之所以能夠在這所學院安然度日，是因為有「自己是女生」這項虛假的前提。萬一被人發現是男的，周圍的人想必會投以驚訝、好奇的眼光，或者感到恐懼、排斥吧。而乙葉無論去到什麼地方，都一直飽受那樣的歧視。

尼莫在羅馬的廣場大酒店說過，N的革命過程中會導致人們互相對立，不過她也說過那只是其中一個階段而已，最終人們將會在神的引導下統一。那感覺就像是為了消滅戰爭而進行戰爭一樣，目的與過程相反並不是什麼稀奇的事情。

在倒退的世界中，由神明引導下保持均衡——讓乙葉、阿斯庫勒庇歐斯、瓦爾基麗雅和尼莫這些異形、異能的存在能夠與我們這些普通人類平等生活的世界。N心目中的理想鄉或許並非完全是壞事。然而……

「乙葉，那群傢伙可是恐怖分子啊。不管理想再怎麼卓越，若是想要透過違法行為使之實現，我就會出面阻止。」

「N是透過違法與合法兩條路徑——試圖以最短距離改變這個世界。一方面消除敵對存在，一方面也改變政治，也就是法律。」

「你的上頭也是抱著那種想法嗎？」

「沒錯。創造更美好的世界，不就是政治家的夢想咩？」

「你是受誰命令的？」

雖然以前差點被茉斬暗殺，這次又批准對海卓拉發動轟炸行動的內閣總理可以排除不考慮——不過在執政黨之中還是有與N的思想產生共鳴的人物。那究竟是誰？即便憲法第十九條有保障個人的思想自由，但我身為一名武偵還是希望能把那人物列入關注目標。

「咱只是想要開拓一個新世界而已，然後這同時也是咱上頭的心願。所以咱才不是受誰的命令，是從大人物口中聽說這件事情後，咱自願接下這項工作的。」

「你那叫自行揣摩上意，你只是為了實現自己的理想而利用上司而已。」

「或許你這樣講也沒錯，所以咱不會告訴你上頭的名字。」

也就是說……能夠從乙葉口中問出的情報也差不多快沒了的意思。

而且爆發模式也快要結束了，我必須加快腳步才行。

「了解。那麼後續的內容，我們就在拘留所隔著會面室的壓克力板繼續講吧。乙葉瑪莉亞——不，有馬鳩雄，我要以協助殺人未遂的嫌疑逮捕你。」

乙葉，其實——我也多少可以理解你的講法。

善惡之間的界線本來就是很曖昧模糊的東西。或許在你眼中看來，像我這樣不惜訴諸武力也要守護這個滿是缺陷的現代文明才是惡行吧。

然而人本來就有各自的立場。我就算被譏笑為法律的走狗，也要貫徹身為武偵的正義，守護能夠保護人民的法律支配社會。這就是遠山家的男人們代代都在做的事情啊。

「那麼……就來兜風唄！」

——喀——

在我面前的 ALPHARD 忽然點亮車頭燈，從二點四升引擎傳出震動聲響。駕駛座上看不到什麼人影，可見這輛車被改裝成能夠無人駕駛了。將乙葉留在車外、掀開的行李箱門也還沒關上的 ALPHARD 讓輪胎嘰嘰作響，朝我衝了過來——

「——！」

在幾乎是被車撞的狀態下，我抓住了 ALPHARD 左側的後照鏡。以何止是上半身根本是像全身探出車外的姿勢緊貼在車身側面——

——跟著「嘩唰唰唰唰！」地在修車廠門前濺起泥水的 ALPHARD，一起來到下著豪雨的屋外。

為了不要從緊急轉彎開上道路的車子側面被甩飛，我用手槍握把敲碎車窗——

「……嗚……！」

就在我準備爬進車內的時候，Glock「砰砰砰！」地伴隨槍口焰射出子彈。是從行李箱門坐上車的乙葉對我進行的牽制。然而無人乘坐的前座車椅成為障礙物，子彈並沒有擊中我。乙葉則是躲在車椅後面。雖然只有瞄到短短一秒，不過我發現 ALPHARD 本來應該有三排的座椅現在後面兩排都被拆掉了。

取而代之地，有某種東西裝在後面。是將翼部像摺紙一樣摺疊起來的懸掛式滑翔翼下方掛有 Buggy 式的座椅與螺旋槳的ＵＬＰ—— ultralight plane（超輕型飛機）。而依然沒有恢復意識的阿斯庫勒庇歐斯就被安全帶綁在那個座椅上。

（這臺 ALPHARD 與那架超輕型飛機——）

概念就跟GⅢ在首都高灣岸線用過的瑪莎拉蒂配加布林是一樣的。汽車本身是靠加速讓超小型飛機起飛用的彈射裝置。

有如在證實我這項推論似的，車子沿著直線道路中央衝下斜坡。超輕型飛機同時靠加裝在車座椅固定軌道上的延伸臂往後伸出車外，在雨中緩緩展開它白色的機翼。

我爬上車頂後，單腳跪下。ALPHARD持續疾馳，體感時速已超過一百公里。

「我建議你最好把小城丟下來喔！失去海卓拉的阿斯庫勒庇歐斯根本只是個包袱而已！」

背對著汽車行進方向的我，朝行李箱門的方向如此大喊後……

「阿斯庫勒庇歐斯與海卓拉是蛇夫與蛇——只要叫N再把蛇送給她就行啦。」

阿斯庫勒庇歐斯在希臘神話中是化為蛇夫座的存在。聽乙葉的講法，N似乎有辦法再弄到一隻新的海卓拉給阿斯庫勒庇歐斯的樣子。

我雖然是為了讓乙葉暴露身分而暫且放走了小城，但要是就這樣讓小城逃走……她肯定會利用別的海卓拉重施故技。

伸出到車體後方的ULP——已經完全展開機翼，讓推進式的螺旋槳開始旋轉——

而我準備把身體從車頂伸向ULP，可是已經坐上ULP的乙葉卻「砰砰砰！」地開槍對我進行威嚇。

就在我因此暫時把身體縮回去的瞬間，ULP趁機與車子分離了。機體首先像風箏般靠一條纜線連接，升向車體後方的上空。

（……嗚……！）

因為有武偵法第九條的束縛，狀況變成這樣我就不能開槍擊落乙葉了。

勉強與阿斯庫勒庇歐斯並肩搭乘於ＵＬＰ上的乙葉將 Glock 收起來，用右手握住飛機的操縱桿——

「哼哼～」

對我吐舌頭扮了個鬼臉後，把握在左手上的智慧型手機收回他的裙子口袋中。看來他就是用那玩意在操控 ALPHARD 的。

「乙葉！」

「金次，你最好趁現在就下車。咱很喜歡你，不想把你殺掉呀。那車子到下個彎就不會轉囉？會直接衝進森林中。」

就算他叫我下車，現在車速都已經到時速一二〇公里左右了。雖然靠爆發模式應該頂多只到骨折的程度，但也太教人亂來了吧。

（話雖如此，我也不能就這樣跟 ALPHARD 同歸於盡啊。）

於是我——將纖維彈裝進貝瑞塔，朝上空的ＵＬＰ開槍。

子彈在射出槍口的同時分裂為二，接著便傳來前進彈子擊中ＵＬＰ的座位下方並固定住的聲音。我伸手抓住綻放藍光的滯空彈子，拉扯複相液態芳綸形成的繩索。本來想說運氣好的話或許可以靠這樣把ＵＬＰ拉下來，可是……

「——嗚……！」

我忽然感受到某種氣息而轉頭看向背後，也就是車子行進的方向。

ALPHARD已經漸漸逼近直線道路的終點。前方緊接著是個髮夾急彎，以這麼快的車速絕對無法轉過去。正如乙葉所說，車子就要衝進森林中了。

「該死……！」

逼不得已下，我從ALPHARD的車頂上跳起來——抓住幾乎看不到的纖維彈細線。體重讓細繩索如利刃般陷進我的皮膚，但我還是拚命忍耐——讓懸吊在半空的身體「沙沙沙！」一地衝進森林頂處。枝葉就像切割我全身似地不斷碰撞，可是我也只能忍下去。在下方的ALPHARD也已經衝進森林中，有如彈珠檯上的鋼珠一樣從樹木之間碰撞滾落，發出巨響。

就在這時——我的身體穿出到森林上方。

然而ULP並沒有繼續再上升。我抬頭一看，發現它的速度慢了很多。看來是乙葉為了不要讓我在森林中繼續勾到樹枝，像船錨般拖慢速度，所以犧牲了ULP的速度讓機體上升的。

ULP就這樣在烏雲低沉的夜空中飛行著。然而在強風中本來就很不穩定的機體承受不住阿斯庫勒庇歐斯、乙葉再加上懸掛在下方的我三人的重量——

「……嗚……！」

光是載兩個人似乎就已經很勉強的ULP感覺幾乎要失速了。

「啊……嗚……！」

大概沒料到我會追到空中來的乙葉拚命應付著這樣的意外狀況。為了不要衝撞、墜落到山坡森林，在這狀態下實在無從選擇方向——機體只能搖搖晃晃地飛向山頂。為了保持高度，速度不斷變慢，感覺已經難逃墜落的命運了。

「乙葉，快緊急降落……！」

就在因為身體承受風壓而加快ＵＬＰ失速的我如此大叫的同時，下方忽然變得視野遼闊。

下面那片樹林消失了，但並不是因為我們回到車道上空。

這裡是——阿尼亞斯學院的校園內。

聽到剛才ALPHARD車禍巨響的亞莉亞她們都來到屋外——就在這時……

「嗚哇！」

從劇烈搖晃的飛機上傳來乙葉的叫聲。即使他拚命控制機身，ＵＬＰ的機翼還是勾到了校園內高大的樹木。ＵＬＰ因此機腹朝前，變得像折得不好而沒辦法好好飛的紙飛機一樣——要墜機了……！

而且在墜落之前，乙葉已經從座椅上滑落——於是我趕緊放開滯空彈子與繩索……

「——！」

在高約三十公尺的空中估算角度，將氣囊彈從拋殼孔裝入手槍擊出。

朝預測墜落地點的玫瑰園俯衝的同時，在空中接住乙葉——啪唰——……！

總算安全掉落到擊中地面瞬間展開的氣囊上了。

然而……因為ＵＬＰ撞到樹木導致機體扭曲，使安全帶變鬆，讓阿斯庫勒庇歐斯宛如空中解體的零件般從ＵＬＰ上掉落下來了！

即便是在爆發模式下的我也趕不上她墜落的速度。這下要讓她摔死了——正當我這麼想的時候，我看見亞莉亞、白雪、理子與蕾姬就像棒球的外野手一樣在校園中奔馳。大略預測出ＵＬＰ的墜落地點並散開的那四人之中，距離流星般落下的阿斯庫勒庇歐斯最近的白雪接著——

「星伽巫扇——風神駁！」

從袖口中快快掏出一把扇子打開來用力一揮，搧出的風力甚至強勁到讓她自己都稍微被颳向後方。彷彿能夠把颱風都吹散似的上升氣流，減緩了阿斯庫勒庇歐斯的墜落速度——

就在白雪放開扇子的同時，阿斯庫勒庇歐斯平安無事地被她抱住了。

……太好啦。

咱們的隊長幹得不錯嘛。

碰磅——轟……！ＵＬＰ墜落到校園角落，小型發動機接著燃出火焰。

被我抱住的乙葉看到白雪救了阿斯庫勒庇歐斯而鬆一口氣——就在理子奔向白雪，亞莉亞奔向我們的時候……

「……到此為止啦。是咱輸了。永別啦，咱的金次。」

他說著，又再度拔出Glock 26，將剛才瞄準我的槍口舉向他自己的方向。霎時——鏘！

槍身忽然發出被子彈擦撞的聲響，讓Glock當場被擊飛。

我瞥眼瞄了一下呈現跪射姿勢、從德拉古諾夫的槍口微微冒煙的蕾姬，然後……

「我剛剛才跟米澤麗進行了一場難受的道別，拜託不要連你也離開啊，乙葉。要我一個晚上跟這麼多美女離別，未免也太悲劇了。」

我靠著爆發模式的殘渣，對溫柔抱在懷中的乙葉如此細語。

乙葉頓時明白自己完全敗北……紅著臉低下頭，用拳頭輕輕敲了一下我的胸口。接著語帶哭聲地說出「真受不了……你也太誇張啦，金次……居然在這種時候對咱那麼溫柔，這種事情一般人根本做不到呀……」這樣一句話——看來他已經放棄掙扎逃跑了。

隨後，亞莉亞在雨中奔到我們身邊……

「哎呀，我是有料到照你的狀況肯定會再引起一波騷動啦，但我沒想到你居然會是從空中飛回來呢。這意思是說我們本來以為已經擊敗頭目，但其實還有另一個最終頭目嗎？」

她露出考慮的表情拿出手銬後……保險起見沒有擅自給乙葉上銬，而是將手銬遞給我。

「沒錯。這在RPG是很常見的展開對吧。不過這下總算是——就這樣，姑且破關啦。」

我對乙葉銬上手銬後，如此宣告。

雖然我很想照慣例說『就這樣，事件落幕了』但畢竟這裡是設計得像ＲＰＧ世界的學院嘛，所以我就稍微改編成遊戲風格的臺詞吧。

我們後來將阿斯庫勒庇歐斯與乙葉交給了天亮前抵達現場的東京武偵廳護送班。這次的護送小隊和之前瓦爾基麗雅的時候是一樣的成員，應該可以順利送到拘留所沒問題吧。

然後隨著黎明到來的同時，颱風離去──

在隔天也停課的阿尼亞斯學院中，我們忙於收拾善後。雖然超輕型飛機只有大約一臺速克達機車的重量，要搬送到汽車修理廠不是什麼難事……不過基於武偵廳與阿尼亞斯學院間的契約內容，我們必須把自己撒出去的子彈跟彈殼都收拾乾淨，這點就很麻煩。而且亞莉亞她們說什麼要去寫報告書，結果把這工作幾乎都推給我做啊。至於理科大樓的那片慘狀，最後決定當成是颱風造成的破壞掩飾過去了。

如此這般，到了再隔天──

首先早上是教職員工，過中午後是學生們，大家陸陸續續回到了阿尼亞斯學院。

失去頭髮的克羅梅德爾雖然沒能出席上課……不過亞莉亞、白雪、理子與蕾姬都各自向自己的班級說明要轉學離開的事情，而班上同學們似乎也趕緊合寫卡片送給了她們。白雪也幫我到三年星班說明了克羅梅德爾要轉學的事情，然後將同學們合寫的卡片轉交給我……但想當然地卡片上並沒有小城的名字，另外也沒有米澤麗的名字。

當天晚上向堀江校長問候結束後，因為理子的個人物品實在太多，我們整理郵寄貨物甚至到了晚上十一點……然後亞莉亞她們換回武偵高中的水手服，與男性打扮的我一起離開了阿尼亞斯學院。

以前東池袋高中、美濱外語高中和羅馬武偵高中的時候也是一樣，即使只有就讀短暫期間，但是要離開自己每天生活過的校舍還是會讓人感到依依不捨呢。

正當我如此想著，並走出校門的時候……

抱著電鍋走在前頭的白雪，以及隨後的亞莉亞她們都忽然停了下來。

「……」

而我也跟著停下了腳步——

因為在燈光照耀的新藝術風格正門——劍、盾牌與翅膀構成的校徽前，安達米澤麗就站在那裡。完全無視於宿舍規定的熄燈時間，身上還穿著制服。

亞莉亞她們的視線都集中到我身上，然後……

「我已經不能再稱呼你為克羅梅德爾同學了，對吧？」

米澤麗用嚴肅的眼神對我如此說道，而我則是邁步走向她面前。以遠山金次的身分。

為了不要讓她繼續受到更深的傷害，我必須跟她好好道別。

不是以克羅梅德爾的身分道別，而是以遠山金次的身分。

「其實這件事情是不可以講出來的……但畢竟妳已經被捲入事件中，我就跟妳講清楚吧。」

米澤麗是個好女孩。雖然對於所謂的「學校」我總是會留下難受的回憶，不過在這所學院中與她一起度過的時光讓我感到很幸福。而讓那樣的她懷抱幻想的友情，欺騙她心靈的罪……我必須好好道歉才行。於是我直視著她那對葡萄色的眼眸……

「我們是接到來自行政機關的委託，到這所學院來搜索那隻危險生物的。不過現在工作已經結束，我跟妳今後也不會再見面了。」

無論是下一份工作，還是再下一份工作，在我身邊總是會存在像那樣的危險。因此為了米澤麗的安全著想，我不會再跟她見面。

畢竟所謂的千金小姐——很弱。慣例上既沒有力氣，腳步也緩慢，是和暴力最扯不上關係的存在啊。

「克羅梅德爾·貝爾蒙多是我創造出來的虛構學生。無論是克羅梅德爾，還是我，妳都當成是做了一場惡夢，早早忘記吧。抱歉。」

——然而……

「不，才不是什麼夢。」

所謂的千金小姐——似乎也很強。慣例上心靈堅強，個性也強勢的樣子。

米澤麗露出毅然的眼神，目不轉睛地盯著我……

「無論你是女性還是男性，都沒有關係。你就是你。不管你是克羅梅德爾同學還是遠山金次先生，我喜歡上的人就是你。事到如今已經沒辦法改變這件事情，我也沒有改變的意思。我不會放棄你的。」

即使經歷過那樣有如惡夢般的事件……她居然還能講出這種話。

米澤麗真的很強。被她這麼一說，我也無從反駁了。

只不過，要論強悍的話，似乎還是武偵女孩們占上風的樣子……

「遠山武偵，搜查內容是不可以隨意洩漏給一般民眾知道的。小心我寫在報告書上喔？」

白雪說著，介入我和米澤麗之間。看來她不允許我們繼續講下去了。畢竟要是被她向武偵廳報告了什麼負面的內容，可是會影響到等級評價嘛。

「米澤麗，我這樣講並不是要故意欺負妳，不過我勸妳不要再跟金次——再跟我們扯上關係會比較好喔。要不然妳又會在車站遭遇槍擊，或是被怪獸襲擊囉。」

亞莉亞這時也站出來幫我扮黑臉，對米澤麗如此嚴厲說道。

那麼就讓我再說一次吧，永別了，米澤麗。就算妳可以把我逼到無從反抗，想必也沒辦法一口氣對付亞莉亞、白雪、理子和蕾姬她們吧？

就在我這麼想著，並準備離開的時候——

「人生漫長，各種事情都有可能發生。就算遭遇一、兩次的開槍事件，碰上一、兩隻怪物，也沒什麼好奇怪的。」

米澤麗即使被亞莉亞她們四個人狠狠盯著，也依然不當一回事地如此回嘴。

聽到她那樣莫名從容的聲音，我忍不住又停下腳步轉回頭——

「且讓我重新向你問個好。初次見面，遠山金次先生。」

米澤麗輕輕捏起制服的裙襬，像個傳統貴族一樣——對我擺出端正而美麗，讓人不禁看得入迷的屈膝禮動作。

接著恢復站姿，抬起充滿挑戰性的眼神……

「對了，我就告訴你一件事情當作是問候禮吧。上次在雙與會室，遠山先生的照片從書包掉出來的時候，上面印有『松丘館』的補習班講義也跟著掉出來了對吧？那裡據說是專門考東大的補習班。之前我們一起去秋葉原的那天，你去上的補習班就是那間吧。而且在阿尼亞斯學院的課程中，你解的也都是為了考東大文科Ⅰ類所設計的題目。」

對我說出了這樣一段話。簡直就像什麼偵探一樣。

「……那又如何？」

面對轉身側對米澤麗的我——

米澤麗露出彷彿同時從巴斯克維爾小隊所有成員身上奪得一分似的得意笑臉，說出了道別的話語：

「我明年也是預定要考東京大學。希望我們能夠在同一所大學再見到面呢。那麼，

祝你安康。」

男女告別真是困難的一件事。我明明應該一口氣和克羅梅德爾與米澤麗兩名女性告別了才對，可是其中一方卻感覺又會追上來啊。

（不過可以確定的是……和克羅梅德爾是就此永別了。）

離開時是克羅梅德爾，但回來時是遠山金次的我——自己一個人搭乘末班車的單軌列車回到了學園島二十區。然後抱著公寓信箱收到的各種傳單和信件，進入狹小的單房二〇四號房……

「喲～辛苦妳啦，克羅梅德爾小妹妹。」

嗚呃！獅堂居然在這裡……還有大哥也坐在房間深處的椅子上，讀著一疊不知道是什麼的資料。這兩人都一臉理所當然的樣子，可是這根本是非法入侵了吧？

「克羅梅德爾已經不在了啦！那傢伙踩到香蕉皮跌倒摔死了。」

我如此說著並左右張望客廳內，於是身穿西裝的大哥朝我瞄了一眼——

「怎麼啦，金次？」

「呃不，我只是想說要是白雪在這裡又會很麻煩……雖然那傢伙回程時在東京車站下了橫須賀線，但那也有可能只是為了甩開亞莉亞她們然後搶先到這裡來的行動吧？畢竟是白雪。」

「白雪透過網路完成對我們的報告之後，據說已經前往京都的伏見大社了。」

大哥說著，用手背輕輕拍了一下他手中那疊紙。換句話說，那疊資料就是這次的報告書了吧。

「這樣喔……這麼說來，上次玉藻跟猴也說過她們要過去那裡的樣子。或許是有那個方面的聚會或是什麼吧。我一點都不想扯上關係就是了。」

金天也有傳郵件跟我說她要在金女的房間過夜，可以暫時確定現在這屋內只有男性——因此我鬆了一口氣後，一屁股坐到地板上。畢竟房間的椅子已經被占領了嘛。

「金次，這次的任務以你來說幹得不錯。尤其是成功逮捕了潛伏者阿斯庫勒庇歐斯這點非常好。她目前被送到中野的東京警察醫院了。」

「等她醒來後要叫可鵡韋好好盤問一番才行。那傢伙講日文可以通嗎？」

「可以，至少她講的日文比你有禮貌多了。」

我對接著大哥之後開口詢問的獅堂如此諷刺回應後——

「好啦，總之就這樣，事件落幕了。我想好好睡一覺，拜託你們回去吧。」

累到連走去被窩的力氣都沒有的我，直接倒下來躺在上次被大哥用反鎖強力摔在地板上摔出我身體形狀的凹陷處。

「好，真抱歉打擾你到這麼晚。這下狀況變得也必須對關西武偵局的內部監察做出指示，我從明天開始應該也會變得很忙。所以讓我想想……下禮拜二，我們兄弟姊妹一起到外面吃個飯，當作是對你的慰勞會吧。而且要是我不這樣講你可能會不來，我就跟你講清楚：餐費我出。」

大哥說著，站起身子跟獅堂一起兩個人低頭看向我。然後……

「另外，白雪的報告書上有提到你的武裝發生缺損，所以我就把補充品交給你。雖然東西是我買的，不過購買經費是由武偵廳出錢，你只要簽收就行了。」

「畢竟是機密性質很高的裝備，所以才會由遠山金一武偵親自拿來交給你啦。」

聽到那兩人這麼說，我當場又全身彈了起來。什麼？那個以小氣出名的武偵廳居然會免費給我裝備？如果是武偵彈之類的就好啦。

於是我趕緊在大哥拿出來的簽收單上簽名後，打開他交給我的瓦楞紙箱。

而裝在箱中的是……

（……假髮……跟防彈水手服……！）

這不是克羅梅德爾變裝組嗎！

我忍不住「砰！」一聲往正後方摔倒後……

「你不試穿看看嗎？噗哧！呵呵呵！」

獅堂笑了起來。這混帳……你是為了看我這反應才跟著大哥一起來的對吧？

「我不幹喔！我絕對不會再扮成克羅梅德爾了！絕對！絕對不會！」

獅堂被我拿黑色長假髮與裙子亂扔而開溜似地跑出房間，大哥也拿出車鑰匙很酷地轉身離去……

「我絕對不幹喔！」

我則是不顧現在已經深夜，對著他們如此大吼了。

我這個人有個魔咒，就是自己越表示絕對不幹的事情，不知道為什麼就越會實現。

禮拜二傍晚，大哥為了舉辦金次慰勞會而預約了一間位於台場的高級義大利餐廳『Castelluccia』，而且是把露天陽臺座位全部包場下來。我才想說他怎麼會出手那麼闊氣，但所謂好事背後多有蹊蹺——原來這天是淑女日。本來要五千元的套餐如果是女性客人就只需要兩千元，因此加奈命令我要打扮成克羅梅德爾出席。

金女和金天據說是放學後會直接前往餐廳。而被加奈叮嚀『如果以男生打扮過來就要自己補差價』的我……終究輸給了三千元這樣巨額的金錢力量，逼不得已下只好扮成克羅梅德爾獨自來到了餐廳門前。

話說大哥幫我新採購的這套克羅梅德爾裝備……雖然假髮是新品，但制服居然是武偵高中裝備科販賣的二手貨。前一位穿的人像花香般的氣味還殘留在衣服上，讓我都快吐了。看來今天穿過之後必須拿去給洗衣店去味處理才行。

（是說我和加奈這行為，會不會觸犯詐欺罪啊……？）

克羅梅德爾小姐擔心著這樣的事情，遲遲不敢踏入店內。然而在鮮花綠葉裝飾的店門前，我看到一塊告示牌，上面寫著『異性裝扮的來賓同樣適用淑女日優惠』這種顧慮到某些人是男兒身女兒心的內容。這下人家也沒辦法拿這點當藉口回家了呀。

「真是混帳……」

感到火大的時候就會有壞習慣變得語氣粗魯的克羅梅德爾小姐，忍不住沒氣質地罵了一聲，並交抱雙臂，決定站在店門前等GⅢ到來。既然事情變成這樣，我就跟著弟弟一起入店吧。只要讓那傢伙陪護我，以一對男女的模樣進去，至少可以省掉被男性店員一邊阿諛奉承一邊帶位之類的不愉快體驗。

可是……我看了一下時鐘，現在剛好是加奈跟我說過的預約時間。GⅢ不是什麼不守時間的傢伙，因此搞不好其實已經在店內了。雖然我沒看到。

就在我遠遠望著加奈、金女、金天那三人已經坐在二樓的露天陽臺座位開心聊天的時候——

「……？」

一名我不認識的女高中生忽然從一旁探頭窺視克羅梅德爾的臉蛋。

「……不，不對……」

看了我一眼後用略帶沙啞的可愛聲音如此呢喃的這位女生，是身穿一套夏季背心制服的辣妹。

雖然染成一頭金髮，五官感覺有點凶，然而是個相當漂亮的美女。真教人討厭呀，美女辣妹。

害怕女性的克羅梅德爾小姐為了求救而拿出手機打給GⅢ，可是卻偏偏在通話中。而站在我旁邊的那位美女辣妹也剛好在打電話，然而她似乎也遇到對方通話中而「呿！」地咂了一下舌頭，掛斷手機。

接著那位辣妹一臉不耐煩地含了一根加倍佳，開始往四周張望。看來她好像也是在等什麼人，從剛才就在店門前找人的樣子。因此……

「呃～……請問一下妳剛才有沒有看到一位身高跟我差不多，打扮奇特，長相有點凶的男性進去店裡呢？那人是我的弟弟，我不曉得他是不是已經來了。」

我忍耐著向不良美少女搭話的恐懼感，詢問對方是否有目擊到GⅢ進店。結果……

「……騙人的吧……」

那名辣妹忽然瞪大她那對睫毛彷彿會刺人的眼睛看向我……

……而且汗水還像瀑布一樣流了下來。

畢竟她聲音就跟配音員一樣，所以即使用男性語氣講話也很可愛——可是那樣忽然冒汗是怎麼回事？超恐怖的。

就在我因此被嚇傻的時候……

「喂，你拉鍊沒拉喔。」

被美女辣妹這麼一說，克羅梅德爾不禁「呃！」一聲看向自己胯襠。

但畢竟我今天不是穿褲子，那裡也沒有什麼拉鍊。

「嗚哇……！」

我的轉裝被一般人看穿了……！

克羅梅德爾忍不住臉色蒼白地抬起頭，卻發現那位辣妹也同樣臉色蒼白……

「呃！你果然是老……老姊嗎……！」

老姊？我雖然有兩位妹妹，但她們都不是像這樣的不良少女啊。也就是說……？

「什麼！請問妳是……GⅢ嗎？你那聲音是怎麼回事……！」

「聲音？這種程度的變聲術，只要是CIA的諜報員就連菜鳥也會啊。」

「CIA到底在教人什麼東西啦。話說，對G……呃～對金子來說，三千元根本是小意思吧？請問你為什麼要穿成那種打扮呀？」

給男生取假名的時候就非常隨便的我如此詢問後……

「誰是金子啦，我嗎？這不是錢的問題，是加奈叫我要這麼做的。」

這麼說來好像對加納相當信賴，也非常尊敬的GⅢ——現在應該說是辣妹金子——用外八的走路姿勢接近我面前。原來如此，因為他無論口氣還是走路方式都沒辦法裝得像女人，所以就索性扮成了即使言行粗魯也不奇怪的辣妹啊。

「話說老姊才是啊，那美人過頭的變裝術到底是怎麼回事啦！你到底是怎麼辦到的？」

呀啊！金子居然掀起人家的裙子了！

就在裙子底下的短褲差點要曝光之前，即使平常舉止很有氣質但對於性騷擾就很嚴厲的克羅梅德爾女士便——從側面擒抱金子的腰部，接著使出側向背摔！把他的頭「磅！」一聲摔到磚瓦路面上。真受不了，你怎麼害一個女孩子做出這種事情嘛。

加奈、克羅梅德爾、金子、金女、金天。在這場不是扮女裝的人反而是少數派的珍奇五姊妹聚餐會中——加奈大姊姊看起來愉快得不得了。

「我呀，從以前就好想要妹妹呢。然後現在有了四位妹妹，真是太幸福了。」

她今天很難得喝了餐前酒，前菜的起司也吃得很多。甚至還對板著臉坐在旁邊的克羅梅德爾──用她自己的麻花辮前端輕輕搔癢，做出這種在她心情很好時會做的煩人舉動。哎呀，雖然那麻花辮中藏有銳利的蛇腹鐮刀就是了。

（不過……）

久沒見面的加奈……給人的印象好像沒有以前那麼恐怖了。

這或許一方面是因為我自己經歷過幾場死鬥而有所成長，所以相對上產生了這樣的感覺。但另一方面也大概是因為大哥結了婚，即將為人父母，讓他的爆發模式變得跟過去不一樣了吧。

一邊想著這種事情，一邊把麵包撕成小塊吃進嘴裡的克羅梅德爾接著──

「對了，金子，請妳下次找個機會讓哈比鳥到東京拘留分所跟瓦爾基麗雅見個面吧。我上次跟對方做了這樣的約定。」

「哦～好。」

和金子如此對話。結果大概是光看到克羅梅德爾和金子在講話就很有趣的緣故，金女和金天在一旁開心互望。真讓人覺得丟臉啊。

「……金天，最近學校有什麼事嗎？」

好一段時間都沒回過家的克羅梅德爾對就讀於武偵高中附屬小學的金天如此詢問後──

「學校最近舉辦返鄉日，邀請武偵高中的畢業生們回到學校來為我們上了一點小課喔。那些人過去都是各學科的首席學生，讓人獲益良多呢，姊姊大人。」

金天讓她那對像垂耳兔一樣綁在兩邊的馬尾輕輕跳動，笑咪咪地這麼回答。

那個稱呼時加上「大人」的習慣，就算從哥哥大人換成姊姊大人也依然不變啊。

「今天來的是超能力搜查科的時任茱莉亞學姊。聽說她平常是在俄羅斯的大學念書，不過現在放暑假的樣子。」

哦～去年幫亞莉亞特訓過超能力的那位時任學姊暫時歸國了啊。

那位學姊擁有一種稱為『腦波計』的超能力，能夠透過接觸讀取對方的腦波，甚至腦中思考的東西。也因為這樣讓她受到大家畏懼，連日常生活都產生問題就是了。

而我也身為武偵高中的校友……或者應該說中輟生，在這裡告訴了金天關於學姊的一點小知識：

「時任學姊其實是一位推理小說宅喔。因為就算可以讀出人的想法，也沒辦法預測書本內容的發展對吧？聽說那對她而言是很有趣的一件事，所以她偶爾會到偵探科的圖書室看書呢。」

後來，第一道主餐的義式燉飯與第二道主餐的切片牛排陸續上桌，每一道都非常美味，讓五姊妹們都吃得非常開心。

「對了，克羅梅德爾姊姊，妳上次拜託我的那塊金屬片，我已經從濯谷的寄物櫃回收回來囉。那是什麼東西呀？」

聽到金女這麼說，我才想起來——

「哦哦，那是一種叫『零式水偵』的水上飛機的破片。因為它很輕，強度又強，我本來想說或許是7075鋁合金（註1）類的東西。可是卻又沒有生鏽，所以也有可能是舊日本軍開發出來已經失傳的神祕合金。我想說下次把它交給裝備科的平賀同學分析看看……雖然她現在是在華盛頓武偵高中留學就是了。運氣好的話，說不定可以請她幫我改造成刀劍之類的。」

「平賀文學姊嗎？我在學校也有聽過那個人的事情喔。她現在不是在洛斯阿拉莫斯嗎？」

「應該是那樣啦，可是好像也在華盛頓的樣子。根據她在Twitter上的貼文內容來看。」

「……難道那個叫平賀的傢伙是能夠同時存在於兩個場所的超能力者嗎？」

金子對『洛斯阿拉莫斯』這個詞起了反應，一邊吃著配餐一邊皺起眉頭如此說道。不過……

「哎呀，畢竟她是個怪人嘛。好啦，這個話題就到此為止。」

要是話題一直被帶向超能力方面，對超能力不太行的我搞不好會胃痛起來。因此一方面也為了能夠好好消化這頓難得的美味義大利料理……

註1 鋁合金的一種，具有良好的疲勞強度，但抗腐蝕能力較弱。

「呃～那麼我在這邊有個好消息要向各位報告。」

我說著，從口袋中拿出一個信件。

文部科學省寄來的這封郵件，是我結束潛入搜查任務回到家那天，裝在公寓信箱的東西——

正是高級中學畢業程度認定測驗的結果通知單啊！

「此時此刻，就是我上次參加的高認考試順利及格，正式獲得大學報考資格的感人瞬間。妹妹們聽好了，每天持之以恆的念書，絕對可以帶來優秀的成績。各位要好好學習我努力不懈而獲得成果的精神，並好好敬仰我。好了，就讓我們五位兄弟姊妹大家一起高呼三聲萬歲吧。那麼，我要打開信封了。噹噹～！」

我用嘴巴發出哆啦A夢拿出祕密道具時的音效，用馬尼亞戈短刀拆開信封——

「啪！」一聲打開通知單。

在場的大家一起探頭看向放到桌上的通知單，而映入我眼簾的文字是……

——『物理　不及格』——

呃……

等等……

「上面寫說不及格喔……」

「是不及格啊，老姊。」

「是不及格呢，姊姊。」

「是不及格呦，姊姊大人。」

不、不、不及……不及……

——不及格！

「嗚呀哇——！」

這是克羅梅德爾真的感到驚訝時會發出的尖叫聲。

落榜了！高認落榜了！信封裡也找不到合格證明書！這樣我不就沒辦法考大學了嗎！現在可不是扮女裝吃美食的時候呀！該怎麼辦才好！

2彈　絕門

「噫嗚、嗚嗚……」

「怎、怎麼啦，遠山同學？你只是哭我也搞不懂呀！」

「嗚嗚……哇嗚……」

「我說你好一陣子沒見，是不是變得有點娘呀？像那個哭聲。」

傍晚，我把望月萌約到池袋的薩莉亞餐廳——結果如今和萌已經徹底變成死黨的菊代似乎也剛好在萌的家，就一起過來了。

然後身為這場緊急對策會議召集人的我，將寫有『不及格』的通知單亮到那兩人眼前……

「落榜了……我高認……落榜了……明年、人家沒辦法、考大學了……」

已經不知道該怎麼辦才好的我，趴到四人座位的桌子上。

對我來說，大學考試是攸關生死的分岔路。是關係到我能否進入東大、成為武裝檢察官、獲得關於老爸的情報從而得知對卒克服手法的一條路。可是現在我卻從那條路摔下去了。

「遠山同學……高認應該……只要偏差值有三十五到四十五左右就能及格的呀……」

「因為我漂流到無人島上，變得搞不清楚日期，結果就沒趕上物理的考試時間啦……」

聽到我對萌說明的理由，連菊代也「真像遠山的理由呢……」地露出傻眼的表情。

所謂的高認是有點像大學考試預選的預選，只會考很基礎的問題。而確實像我的國文、數學與英文等等科目全都獲得了及格認定。但是我遲到的物理科因為時間不夠，我最後就把答案卡全部塗一了。現在回頭想想，為什麼我這樣還能以為自己會過啦？

「遠山同學，沒問題的！」

我聽到這聲音而抬起頭，便看到坐在我對面座位的萌——拍了一下如今穿在她身上已經不會感到奇怪的那件武偵高中夏季水手服的胸口。

「高認如果八月考試沒能合格的人，十一月可以再考一次喔。我就有猜想你可能會這樣，所以也幫你準備好申請書了。」

咦！是這樣嗎！

我抬起滿是淚水和鼻涕的臉，顫抖著手收下背後綻放佛光的萌從防彈書包中拿出來的第二次高認申請書。雖然事先就猜想我可能會變成這樣有點壞，不過萌大人果然是神明是佛菩薩啊……！而且她還很親切地連信封都幫我準備好了。

「你下次一定要及格喔？至少要去上個大學，不然可沒辦法成為出色的黑道呀。」

也是坐在對面座位的菊代如此說的同時，我填寫著只有物理希望再考一次的申請書——

然後想說反正都已經點了飲料喝到飽，就這樣跟萌和菊代留在薩莉亞念書了。

結果萌說著「遠山同學的實力已經有明顯提升囉」並探頭看著我的筆記本，繞過桌子……坐到我的左邊緊貼上來。

菊代見狀便一臉不悅地鑽到桌子底下，從我右邊座位冒出來，說著「可是漢字還有很多會寫錯喔？」並勉強三個人擠在兩人坐的座位上。我就這樣被好孩子&壞孩子一左一右夾在中間。

這下不但爆發方面的危險性提升，而且夾著我的萌和菊代又莫名其妙地互相瞪著對方，感覺很恐怖……於是我假裝看一下手錶並撒謊說「啊，我打工時間到啦。」然後從現場撤退了。我的飲料喝到飽，到最後只喝了一杯冰咖啡而已嘛。

（雖然是我自己把她們叫出來還這樣講不太好意思，但念書還是自己一個人比較能專心啊……）

我將才剛剛填好的申請書投進池袋車站西武出口處的郵筒後，為了讓這最後機會的第二次高認能夠平安合格……決定去拜個神，於是來到西武池袋本店頂樓的稻荷神社。

確認香油錢箱不是玉藻的東西後，我投入一枚五元硬幣後……

「請保佑我不會再被瞬間移動到無人島結果考試遲到了……」

祈求了這種如果被別人聽到不知道會怎麼想的內容，但本人可是非常認真的。不過仔細想想，這願望好像範圍太過侷限了。這樣沒辦法顧及到如果不是被瞬間移動到無人島而是像地底帝國或者月球表面之類的風險。或者說不只是瞬間移動而已，要是被逮捕或是住院，同樣沒辦法去參加考試啊。反正錢都投了，我就祈求個比較能夠對應各種狀況的願望吧……呃～該怎麼講會比較好……

「——欸，戒指、在哪裡？」

就在這時，我耳邊突然聽到有如在吹氣似的小聲呢喃——

「……！」

我立刻「啪！」一聲想要拔出左邊腋下的手槍，可是卻被對方抓住手腕制止了。

（——伊藤茉斬……！）

事前沒有腳步聲，也沒有氣息。

茉斬忽然間就出現在我旁邊了。

然後——我的手腕被茉斬抓著。這個狀況非常不妙。茉斬跟可鵡韋一樣，能夠讓超越常人的力氣集中到指尖上。現在只要她用力一握，我的右手掌想必就會跟手臂分家了。

眼神中絲毫不帶任何像人類的感情，真的就像什麼神明一樣的茉斬——雖然一頭黑色的長髮主張著自己是女性，但身上卻穿著像男裝的黑色防彈風衣以及像軍靴的長靴。因為像這樣站在一起我才確認到，她的身高只比我矮一些。

「……這個跟蹤狂……！」

「戒指、在哪裡？」

用漆黑夜空般的眼眸再度對我如此詢問的茉斬——約十年前是前公安零課的四式……也就是第四強的諜報員，在政府公認下從事像殺手般的工作。從她現在的年齡推算，當時的她只有十四～十五歲左右。

「我才不會免費告訴妳。順道一提，我這個人很健忘，要是手腕被抓痛了，搞不好會痛得忘記戒指藏在哪裡囉。」

「……」

茉斬輕輕放開我的手之後——沙、沙、沙——可以感受到她身上放出的殺氣階段性地漸漸消失。以次數來算分成五次。同時她的眼神也以相同的節奏漸漸變得有人類的感覺，然後……

「我也不認為你會免費告訴我。」

她的講話方式變了。雖然像沉靜女低音的特質依然沒變，不過氛圍上變得比較像人類在講話。我記得她原本把句子分節的講話方式時都是用敬語，但現在她是普普通通在跟我說話。

「……也就是說，妳有什麼跟我交涉的材料嗎？該不會是要洩漏什麼N的情報給我？」

「你想知道就去逼問瓦爾基麗雅或海卓拉比較快吧？」

彷彿人格切換的茉斬態度冷淡地如此說道。

「那兩人在妳看來不是被敵人囚禁的夥伴嗎？明明妳之前還會跟瓦爾基麗雅一起行動的說。」

「瓦爾基麗雅是個自私任性的女人，我正慶幸自己終於可以擺脫受那女人命令的惡夢呢。說到底，我這個人本來就不喜歡跟人一起行動。在我還沒有被重新分配到誰的隊伍之前，你快點把戒指還給我。」

講話方式的變化先放到一邊……她還真是個不適合組織行動的女人啊。雖然我也沒資格講別人就是了。

像公安零課感覺好像也是編隊行動的樣子，想必過去也為了分配這傢伙而傷透腦筋吧。

隨著零課被廢除的同時，政府之所以會派人暗殺茉斬，我想除了她過度激烈的思想之外，一方面大概也是因為她這樣的人格讓政府感到棘手吧。

「然後呢，你跟瓦爾基麗雅後來怎麼樣了？既然你沒被殺掉，代表你們結婚了嗎？」

「誰要結婚啦！我年齡上還不到……呃不，雖然之前已經十八歲，要結婚也是可以結婚啦……但我一輩子都不會結什麼婚，也沒辦法結婚啦。畢竟我從事這樣的工作——」

「話說回來，這下紀錄又更新了呢。我和你見面已經是第四次了。」

就在我慌慌張張回應的時候，個性上似乎不會聽人講話的茉斬又忽然轉了個話題。而且她大概是個人空間概念比較窄的類型，跟我距離近得都能感覺到她的吐氣。也因為這樣，不知道是來自口紅還是什麼——讓我可以聞到像紅花胭脂般的成熟女人香。

「和我敵對過的人從來沒有見過那麼多次面。包括你的父親——遠山金叉也是。」

「……虧妳居然……敢在我面前講出那名字。妳是我的殺父仇人。」

我之所以會配合茉斬講話到現在，其實是為了進入幻夢爆發。一邊講話的同時，我也一邊偷偷提升著血流壓力。靠著回想剛才被萌和菊代從左右夾住的新鮮記憶促使血流加速，並且釋放出『妳想跟我打我就奉陪』的氣息——可是……

「關於那件事，或許是一場誤解喔。」

茉斬卻不是放出殺氣……而是拿出一張現在這年代很少見的24mm×36mm負片底片。

上下各有一排洞的那張底片，只有一張照片的長度。

「誤解……？」

我不禁皺起眉頭，但還是姑且把那張底片拿過來看。彩色照片的負片因為色彩和明暗都跟實際影像相反的關係，即使我靠著稍遠處的自動販賣機燈光讓底片透光，也一時之間不太能理解照片的內容。不過——

……那照片照的是一處人潮眾多的街角。我可以看到有住宅公寓，以及商店大樓。

雖然因為畫面太小看不清楚，但是從販賣雜誌報紙的攤販招牌上寫的是英文，然後路上有各式各樣的人種，再加上交通標誌的形狀可以知道——這應該是美國的某個地方。

車道很溼，可是天空晴朗。在建築物與建築物間的縫隙可以看到黑色的『D』……不，因為是負片，所以現實中應該是白色的『D』字形。雖然我完全看不出那D字形的物體究竟是什麼，但整張照片就只有那部分對焦非常模糊。恐怕那物體是在遠處相當高的地方。

在照片中不只是人潮，也有很多車子。停在路邊的車子外型具有現代感，可見這是近兩、三年內拍攝到的風景。

而在那人潮與車潮間，有個人物站在稍微走出車道的位置——

「————」

我不禁抽了一口氣。

講不出話來。

因為那照片上……

那人物……

「你看那人是誰？我今天來這裡首先就是想跟你確認這件事。」

茉斬抓準我注意到那人物而全身僵住的時機，對我如此詢問——

「騙……騙人的吧……怎麼可能……不，沒有把照片洗出來我也不能完全確定……」

我即使沒有明確回答，在態度上也已經非常明顯了。

——沒有錯。

雖然跟我最後的記憶相較起來大約老了十歲左右，但這絕不是什麼長得很像的人而已。

即便在一群美國人中也高出一個頭的身高。鎧甲般厚實的肌肉隆起得有如鬥牛，彷彿穿著西裝的一臺超重戰車的體格。

是前法務大臣直屬武裝檢察官——

——遠山金叉。

（老爸……！）

十一年前應該已經被眼前這位茉斬殺死的老爸，居然會出現在這張應該是近幾年前在美國拍攝的照片中。身上穿著黑色的西裝，好像在警戒什麼似地站著。

「你沒有一笑置之。對我來說，這樣就足夠了。」

「我老爸已經死了。是妳殺死的。而且也有他的墳墓啊……！」

如果是數位照片，就連小學生也有辦法合成、偽造。但偽造底片就需要相當程度的技術。不，就算假設這是偽照底片，茉斬也沒理由冒著被我攻擊的風險拿那種東西到我面前。

不，更重要是的——我能夠知道。

我知道這照片百分之百是真的。這是我老爸的照片。因為……

「如果你願意告訴我你沒有一笑置之的理由，我就把沖出來的東西給你。」

比我老一個世代的茉斬口中說的「沖」——應該就是指洗照片吧。

好啦，我知道啦。我就告訴妳。告訴妳我會斷定這人物就是我老爸的確切理由。

就像以前亞莉亞的妹妹——梅露愛特說過的類似回答一樣，簡潔明瞭的理由。

「——因為我是他兒子，所以我知道。」

我如此說著，把底片還給茉斬後——

茉斬似乎也滿意了我這個回答，而遵守約定從胸前口袋拿出五吋的照片交給我。

但是……

「光這樣還不行。妳告訴我更詳細的狀況。那底片妳是從哪裡拿到的？」

「詳細的狀況我也想知道，可是那條線索快要斷了。你來幫我的忙。」

我拿著那張還留有茉斬胸前溫度的照片，又再次皺起眉頭。

『來幫我的忙』……是什麼意思？

茉斬開著她的車——梅賽德斯·賓士S600帶我來到的地方，是位於新宿和新大久保之間的一棟老舊住商混合大樓。

現在明明是晚上，大樓卻沒有點燈，大概是東京都內偶爾會有的那種雖然預定要拆除可是因為沒錢就丟著不管的大樓吧。不過在對街的住商混合大樓有個人經營的咖啡廳和食品材料行等等店家，因此附近並非完全沒有人經過。

「話說妳的講話方式變得很普通啊，而且也不用敬語了……」

茉斬把賓士停到大樓斜對街的一處投幣式停車場，並用遙控鑰匙把車上鎖後——我對她提出了從剛才就覺得不太對勁的這點。結果……

「因為我和你見面的時候還在六樓，可是很快又下到一樓了。」

這位神祕大姊講出這樣一句話，害我在路邊稍微想了一下。哦哦，可鵡韋所謂的一檔～六檔，茉斬是稱為一樓～六樓啊。有夠難懂的。雖然因為你們這對姊弟長年來沒有見面，所以會這樣也是沒辦法的事情，但拜託你們統一一下行不行？

茉斬與可鵡韋這對伊藤姊弟……能夠將一般人只會有一層的大腦思考迴路增加為好幾層並同時並行使用，也就是擁有多重腦——有點像多核心處理器般特殊體質的乘能力者。也因為這樣，當茉斬和我交手的時候會運用六層的腦袋，讓講話方式變得不像人類。不過現在恢復正常了，所以講話方式也變得普通的樣子。

然而要說她恢復正常後會像可鵡韋那樣變得感情豐富嗎，其實也不然。恐怕茉斬……本來就是這樣缺乏感情起伏的冷漠女性吧。

茉斬擅自闖入那棟既沒有燈光，電梯也不動的住商混合大樓，走向地下室——於是我也靠著手機的背光照明，走下積了一層灰而踏起來沙沙作響的樓梯。

接著很快地，我注意到有血的氣味。茉斬用靴子踩了一下裝在直立架上的手電筒開關，照出這裡是一間地板和牆壁的水泥都裸露出來的大廳，隨處可看到被遺棄在這裡的摺疊椅。

然後在其中一張摺疊椅上坐著一個人，雙手被綁在背後——是一名年約三十歲，理平頭的男性。

他身上那件灰色西裝的前面敞開，底下露出的白色襯衫染滿鮮血。

明明現在從一片黑暗中忽然變亮，那人卻動也沒動。

……看來他要不是失去意識，要不就是已經死了。

「他就是持有剛才那張底片的男人。CIA的職員，日本名字叫關步。我不知道那是不是本名。」

「真受不了……茉斬妳到底在搞什麼啦……」

我一邊埋怨一邊走近觀察，發現那男人還活著。

襯衫上有好幾處直徑約一公分的洞，但並沒有布料或肌膚燒焦的氣味——可見那不是彈痕，而是被什麼東西硬生生刺破的痕跡。從破洞排列成北斗七星形狀的樣子看來，我也可以推測出使用的凶器是什麼。

這是用手指刺擊人體穴道導致劇烈疼痛的拷問招式——「諾取」留下的痕跡。茉斬似乎是利用我以前也被可鵡韋施展過的這招，在訊問這個男人關於那底片的事情。

在水泥地板上還可以看到硫噴妥鈉的安瓿與注射器。即使被施打了那種玩意也沒吐出情報，可見這男人有受過抗自白劑的訓練。

不過照他現在被拷問虐待成這副德行的樣子看來，應該暫時連話都講不出來了吧。

茉斬坐到另一張摺疊椅上，把一隻腳抬到胸前抱住後——

「我昨天抓到他的。在他死之前，你幫我問出關於照片的事情。」

「茉斬，妳這樣對於來龍去脈的說明完全不夠啊。如果妳是事前就知道關持有老爸的底片而抓住他，那麼妳還冒著跟我交手的風險跑來向我確認那是不是老爸也太奇怪了。妳應該是基於什麼別的理由抓了關，結果發現他持有拍到老爸的底片。這件事情對妳來說是出乎預料的狀況，所以妳才會來跟我確認照片中的人物究竟是不是老爸。這才是事情真正的先後順序吧。說到底，妳為什麼要抓這傢伙？」

因為剛才的幻夢爆發還殘留一點餘勁，於是我說出自己的推理後——

茉斬也沒有特別否定……

「我跟這男人有仇，所以抓了他打算把他殺掉，可是現在卻因為那張照片而殺不掉了。你如果想知道得更詳細，就先讓他說出關於照片的事情。然後我再殺掉他。」

面對自己虐待到幾乎半死的男人，她講話的語氣卻輕得像只是遊戲卡關的程度而已。這傢伙腦袋壞得真徹底啊，到底把人命當成什麼了。

茉斬因為其多重腦的特質被公安零課看上，十三歲就被帶去培育成防諜人員。

為了保護國家機密，需要的就是這種像殺人機器一樣的人才。我基於職業關係，也不是不能理解這個道理。但是舊政權的各位大官們，真的有必要把一個人的人格破壞到這種程度嗎？看到茉斬這種樣子，我甚至開始覺得獅堂是個正常人了呢。

「要是殺了ＣＩＡ可是會很麻煩的。妳別殺掉他。只要妳答應我這點──我會試著用什麼辦法訊問他看看。畢竟我自己也希望得到關於那照片的情報。」

「不行，我要殺掉他。我會把你扯進這件事情，一方面也是為了能夠達成這個目的呀。」

「……？」

「說到底，教授本來就有計算好讓這男人會死。所以我才決定在那之前由我自己親手殺死他。而只要把你扯進來，教授的條理蝴蝶效應就會中斷對吧？」

原來如此……這件事情的起源也是莫里亞蒂教授啊。

不過話說回來，茉斬這人還真是放縱。她雖然嘴巴上有用敬語，但做的事情卻在違背Ｎ的首領的意思。尼莫小姐啊，當妳在無人島度假的那段期間，妳的手下擅自做出行動囉？拜託妳好好管教自己的部下行不行？

「既然這樣，Ｎ的骨牌到這邊也要大幅改變方向了。不論是莫里亞蒂還是妳，都休想殺死這個人。武偵法第九條的法律解釋上很嚴格。現在既然跟我扯上了關係，就嚴格禁止任何人喪命。如果妳不服從，我就不還妳戒指。」

我打出已經不知道第幾次的王牌──也就是『戒指』這張牌後……

……噗。

茉斬鼓起腮幫子，跟我彆扭起來了。

拜託妳不要做那種可愛的行為好嗎？年長的姊姊做出那種像少女般的動作，其實在爆發方面是有危險性的啊。像現在我就有點心動啦。

GⅢ一黨中的超能力少女——洛嘉擁有即使對方不講話也能強制讀出思考的能力。因此我一個人來到大樓一樓，打電話給他們位於六本木的公寓——

「呃～洛嘉，妳透過電話也能讀出對方在想的事情嗎？如果可以，妳現在直接讀我腦中想要拜託妳的事情吧，我懶得說明了。然後用一千元的價格……」

安格斯把電話轉給洛嘉後，我本來想要用友情價委託她這份工作的。可是……

『啥？你不把你那顆胡桃大的腦袋靠到我附近的話，我也沒辦法讀呀。』

「講胡桃大也太沒禮貌了吧。既然這樣就要請妳過來一趟啦。因為我這邊有個人想讓妳讀一下腦袋。雖然他有點被訊問過頭，現在呈現半死狀態就是了。」

『你到底在搞什麼嘛……話說，如果那傢伙沒有意識，我也沒辦法讀喔？我能讀的是對象**在想的事情**。如果沒有在想，我就讀不出來呀。』

「呃，這樣啊？那傢伙現在沒有意識的說。要是等他恢復意識，跟我一起辦這件事的另一個人搞不好會等得不耐煩而把他殺掉啦……」

「金次，你稍微慎選一下朋友吧。嗯……我是有聽到傳聞說，莫斯科大學的超心理學系今年進了一個大腦掃描者，甚至從屍體的大腦中也能掃描出情報的樣子。」

「莫斯科大學……今年……啊、該不會……那或許是我認識的人啊。」

『真的嗎？如果你見到她，幫我跟她要個簽名。聽說她以前上過電視——』

因為洛嘉接著開始講這些根本派不上用場的話，於是我中途切斷電話，暫時先回到地下室後——

「怎樣？你有辦法訊問他嗎？」

茉斬用冰水般冷酷的聲音對我如此問道。

「我打算用的方法與其說是訊問，應該說是掃描大腦的超能力。只是我剛才打電話聯絡的那個人在能力上似乎辦不到這點的樣子。然後我另外還有一個管道可以委託，但那個人是個武偵。超能力搜查系武偵的市場報酬價格都很高。茉斬，妳有錢嗎？」

「是多少有一點。可是讓女人出錢的男人可是會被討厭的喔。」

「那還真是個好情報。我巴不得全世界的女人都討厭我，以後我就永遠都讓女人出錢吧。所以說這次就由妳來出錢了。」

我丟下這句話後，又再度轉身走回手機能夠收到訊號的地上一樓了。

我透過武偵高中的超能力搜查研究科聯絡後，似乎剛好在代官山購物的時任茱莉亞學姊……本來聽說是個性情怪癖的人物，卻意外地很快就來了。

搖曳著一頭柔順銀髮下了計程車的學姊，身上穿的是一件潔白的連身裙——也就是便服。另外無論是下半身的褲襪，讓人感覺成熟的穆勒鞋，甚至本身的肌膚，全都是白色。唯獨瞳孔清晰可見的雙眼是碧藍色，然後薄唇是紅色。與現場這棟廢棄大樓可說是最為格格不入，宛如雪精靈般的美女。

「真是不好意思，占用了您回國行程中寶貴的時間。另外，聽說我家的妹妹受您關照了。」

不擅於面對美女的我語氣僵硬地如此問好後——

「你已經不是我學校的學弟了，不需要刻意對我用敬語。而且你現在是我的委託人啊。話說，福爾摩斯四世沒有跟你在一起嗎？」

似乎是買了衣服而提著漂亮紙袋的時任學姊露出有點失望的表情。

看來她是以為我和亞莉亞同行，才會這麼快就來的。畢竟她是個推理宅，以前很愛讀夏洛克的傳記嘛。

另外我以前聽亞莉亞說過，時任學姊的母親是俄羅斯人，而她的日文是跟日本人父親學的，所以她的講話方式較偏向男性。

「呃～……要是妳事後才跟我抗議也很麻煩，所以我就先跟妳講清楚，這次的工作很黑。我希望妳幫忙讀腦袋的男人是美國的情報員，現在監禁在這棟廢棄大樓的地下室。任務報酬不是由我支付，而是另外一位……共同委託人的女性。因此妳如果要交涉就去找她。順道一提，那女人是個國際恐怖分子。」

我恭敬不如從命地省去敬語如此說明後——

大概是因為福爾摩斯四世不在而心情不太高興的時任學姊就……

「那種事情不重要。我的工作要是去在意那種道德法規就根本沒辦法做了。不過，如果不是能讓我感興趣的工作內容，我就不接喔。而且既然你是為了無聊的工作把我叫來，到時候我就把你的腦袋搞成白痴好了。最近我創出了一種叫『Mind blast（大腦破壞）』的手法，可以毀掉一個人的腦袋。」

不妙……她果然是個性情怪癖的人。可是就算我想要阿諛討好她，這種想法本身就會被她看穿，根本沒用。因此——

「——不需要勞煩妳做那種事情，我的腦袋本來就已經快要壞了。我患有一種叫『對卒』的遺傳性疾病，要是長時間給予大腦高度負擔就會引發腦溢血。我父親在十一年前也因為同樣的疾病喪命了。」

我如此說明著，而時任學姊聽到這邊都還表現得沒什麼興趣的樣子，不過……

「可是這次我希望妳調查的這個人物——持有一張兩、三年前拍攝的照片，裡面有拍到我的父親。我想知道的就是關於那張照片的事情。如果我父親還活著，或許我就能以那張照片為線索與我父親重逢。畢竟我想知道我父親是怎麼克服這個疾病活下來的，而且身為兒子希望與失蹤的父親見面也是理所當然的事情啊。」

學姊聽到我接著如此說道，頓時把她那對淡藍色的眼睛清楚轉向我。

「……很好，帶我去見那個人物吧。雖然關於你的疾病，還有什麼父子關係，我都無所謂，不過——『應該已經在十一年前喪命的人物會出現在兩、三年前的照片中』這件事讓我很感興趣。除了原本的任務報酬之外，如果等一切謎團解開之後你願意把所有事情告訴我，我就接這份工作。」

「意思是要附加酬勞嗎？既然這樣，我也有附加要求。萬一樓下那位共同委託人的女性要妳讀我的腦袋──例如說要求妳問我『戒指藏在哪裡』，妳也別聽她的指示。」

「好，我答應你。」

太好啦。這下總算……可以把時任學姊帶到關的面前了。

時任茱莉亞學姊即使看到地下室的血腥狀況，還有明顯很可疑的女性──茉斬，以及被虐待到半死的關，依然連眉頭也沒動一下。在這點上真該慶幸她是畢業於武偵高中，對這種事情已經司空見慣了。

看起來宛如在一片黑暗中浮現一塊白色似的時任學姊既沒有報上自己的名字，也沒問對方的身分……

「費用是一個問題三百萬盧布──就換算成五百萬日圓吧。規則有兩條：第一條，如果對象什麼也不知道，那個問題就不算錢。但只要知道一點點，就要收費。」

劈頭就對溶在一片黑暗中的茉斬如此說道。而就在即使看到鮮血也不怕，但聽到這種巨額金錢的話題就會怕得要死的我不禁發抖的時候──

「我現在只有現金兩千四百萬日圓。」

「那就是四個問題了。」

「如果妳假造內容胡說八道被我發現，我立刻就斃了妳。」

「好可怕好可怕。那麼第二條規則，如果妳提出的是必須回答好幾件事情的不公平問題，我雖然還是會回答，但隨時會中斷不答下去。就這樣，我們開始吧。哦哦對了，遠山，我在安靜的環境中比較可以專心，所以你不要講話會比較好。」

兩位冰山美人如此對話後，茱斬從自己坐的那張摺疊椅後面拿出了一個行李箱。接著「啪！」一聲打開行李箱，把五疊一百萬元鈔票扔到時任學姊腳邊。

「──在底片中照到的那個塊頭最大的東洋人叫什麼名字？」

茱斬她──把只能問四次的問題中第一個問題拿來確認這件事。

時任學姊接著把她白皙的五根手指，放到癱坐在椅子上的關剃成平頭的頭上……

「那個人物叫『Silent Orgo』。」

──嗚……

那是老爸的兩個稱號之一。老爸生前主要被敵人稱為『魔鬼檢察官（Orgo）』，後來自己人就用那名字稱老爸為『寂靜之鬼（Silent Orgo）』了。

茱斬似乎是透過這個回答確認了照片中的人物確實是老爸，同時也確認了時任茱莉亞從失去意識的人腦中也能讀出記憶的能力是貨真價實之後……把接下來的鈔票扔出來……

「那個 Silent Orgo 現在在哪裡？」

不是詢問那張照片的場所，而是問老爸現在的所在地。如果能知道這點確實會比較好。

「……這男人也不知道詳細狀況，只知道是在美國的某個地方。畫面中……可以看到很大一片水。雖然不清楚那是不是對象現在真正所在的地方，不過這男人對於對象『現在所在的地方』所浮現最接近的畫面就是這樣。」

位於美國某處，有一大片水的地方。雖然不算清楚，但這情報有總比沒有好。以前GⅢ告訴過我，根據美國國防部的入境監視履歷——老爸在認定為死亡的一九九九年之後也有入境過美國的痕跡。這和現在說『美國某處』的情報也互相吻合。

「Silent Orgo 現在在做什麼？」

茉斬如此詢問並扔出第三次鈔票，但時任茉莉亞卻沒有伸手觸碰闍的頭部……

「這個問題會關係到 Silent Orgo 的職業、任務、行動——也就是我可能必須回答好幾項事情的不公平問題。因此按照第二條規則，我會根據必要在任意時候中斷回答，如果妳想繼續聽後續內容就要再支付同額的報酬。換句話說，妳可能在這個問題就把資金用光了。不介意嗎？」

「沒關係。」

時任學姊和茉斬只花了短短三十秒就結束了一千萬元等級的生意談判，接著時任學姊便觸碰闍的頭部……

「——闍於 Silent Orgo 的職業，這男人也不知道。不過這男人有把自己在遠東進行諜報工作獲得的特定情報提供給 Silent Orgo。最新的情報是報告美軍的反恐作戰失敗。接著關於 Silent Orgo 的現在行動，這也不清楚。這男人只是單方面將報告送給

Silent Orgo的關係人，從對方則沒有任何接觸。除了CIA本部為了當作參考而給他的那張底片以外，在這男人腦中也沒有關於Silent Orgo外觀的任何其他印象。換句話說，他們沒有見過面。」

在老爸現在的職業、行動上……沒有說出任何關鍵情報的時任學姊，接著在她恐怕是故意留到最後才講的——也就是老爸的任務上……

「Silent Orgo現在的任務，是根據這些情報**暗殺某個人物**。」

如此說道。

「……暗殺……？」

聽到她這句話——

為了不要妨礙時任學姊的腦波計而一直保持沉默的我忍不住發出了聲音。

老爸是個即使身為國家准許殺人的武裝檢察官，卻無論陷入怎樣的危機——甚至到自己殉職都沒殺過一個敵人的男人。

因此這情報絕對是錯的。是騙人的，絕對是在騙人沒錯。要不是時任學姊解讀錯誤，就是關記憶了錯誤的情報。

地下室寂靜了一段時間後……

「……在這裡中斷回答是嗎？妳這人真會做生意。」

「謝謝妳的誇獎。」

茉斬又扔出五百萬元，讓時任學姊的腳邊都是一疊疊的鈔票後……

「這男人在日本。所謂美軍的反恐作戰失敗——應該是指在日本發生的事情。而妳判斷那件事應該跟我有關，所以才講到這邊中斷的對吧？這確實讓人很在意，妳繼續告訴我。Silent Orgo 要暗殺的對象是誰？」

聽到她這麼詢問後，時任茱莉亞學姊繼續把手放在闗的頭上……

「尼莫。」

如此回答了。

無論茉斬還是我，都頓時說不出話來。

「尼莫・林卡倫。法國國籍。女性。十五歲。國際恐怖組織『Nautilus』的重要人物。推測為G20等級以上的反社會性超能力者，上個月強奪、破壞了橫田基地的V-22魚鷹。這男人知道的情報就是這些。」

關於尼莫的姓氏，茉斬大概也不知道，而用視線對我進行確認。不過——其他部分的情報都太正確了。那毫無疑問是指我們認識的那個尼莫。

（老爸……想要暗殺尼莫……？）

原本只是形勢上暫時一起行動的我和茉斬——這下遇到我們兩人共通的重大問題了。

從無法講話的闗腦中讀完情報的時任學姊，把被灰塵弄髒的兩千萬元鈔票裝進她那漂亮的紙袋後……

「妳還有剩四百萬元對吧？如果妳想從那男人腦中消除掉關於 Silent Orgo 的記

憶，我可以算妳那個價錢喔。」

或許是經常會有那種事後委託的關係，她說出了這樣的提議。然而茉斬根據剛才這些話似乎很快在進行什麼思考的樣子……對時任學姊瞧也不瞧一眼……

「——如果要消除、我會奉勸妳、把自己的記憶、消除掉會比較好。」

大概是已經提升為複數腦的緣故，講話變得像不同人一樣……心不在焉地如此回應了。

遠山金叉。

日本史上第三十六位武裝檢察官。

使用槍枝是可以發射自動手槍用最強子彈的ＩＭＩ沙漠之鷹Mark XIX .50AE。從祖父鏨叉以及父親鐵學得遠山家的攻全四十八技、防全五十二技，也就是我和大哥分攤的所有密技他都會使用，堪稱一族史上最強的男人。

身高一九五公分，體重一五七公斤，握力一九八公斤，背肌力三七八公斤。仰臥推舉因為超過器材最大負荷量四百公斤而無從測定。打擊力測量器所測量出的拳擊力量為左鉤拳三八九公斤，右鉤拳四七三公斤。踢力為右下段踢兩千三百九十公斤，左下段踢兩千五百八十公斤。擒抱力則是八千七百四十公斤——這些全部都是**非ＨＳＳ狀態時的紀錄**。

無論到游泳池還是公共澡堂，老爸只要脫下衣服大家都會被嚇傻。雖然檢察官們把他身上大量的刀疤比喻為樹枝，把彈痕比喻為花朵，稱之為『櫻吹雪』……不過嚇壞大家的並不是那些傷痕，而是那身彷彿將健美選手、職業摔角手與相撲力士加起來**不除以**三，讓人會聯想到猛牛或巨象的發達肌肉。

除了這樣的肉體之外，老爸同時也擁有HSS這項特殊體質。猛獸般的肉體配上天才般的頭腦，可說是相當匹配『武裝檢察官』這項守護國家社會之超法規職業的超人。

「——這件事情要是在對應上落後就很不妙。尼莫現在在幹什麼？」

大概是用六重腦思考完事情的茱斬從摺疊椅上站起身子後，我用手擦拭著額頭上不知何時滲出的汗水並如此提出警告。

「尼莫現在休假中。似乎是她失蹤那段期間累積疲勞的樣子。不過我有聽說她前往的地點是美國。」

「喂……妳現在立刻聯絡尼莫，叫她安排護衛，然後躲在N的據點不要亂跑。」

「確實那樣做會比較好吧。但我基於立場上，不想讓你聽到我跟N的通話。」

茱斬把少了鈔票的旅行箱關上後提起來，搖擺著風衣離去。

「——對面大樓的二樓有間咖啡廳，十五分鐘後在那邊重新會合吧。」

我用馬尼亞戈短刀的摺疊部分夾住綁在關身上的繩索施力切斷的同時，雖然不知道對方會不會乖乖來赴約……但還是對茱斬消失在黑暗中的背影如此說道了。

在保留有昭和時代特色的傳統咖啡廳中，我隔著窗戶——看到自己隱瞞身分用公共電話叫來的救護車把關送走。

就在我端著一杯咖啡並監視著茉斬會不會攻擊那輛救護車的時候……

「我聯絡上了。告訴她有暗殺者接近的危險，叫她留在N的基地保護自己安全。」

穿風衣的茉斬現身坐到我對面的鐵椅上，聽著漸漸遠去的救護車聲音嘆了一口氣後，翹起大腿，托腮撐桌，鼓起臉頰瞥眼看向我。動作上看起來就是極為不滿的樣子。

「我無法原諒自己應該已經解決掉的對手居然還活著。」

「戒指。妳剛才說——妳對關有仇，是什麼仇？」

這間咖啡廳似乎不怎麼熱門，很幸運地現在店內沒有其他客人。大概誤以為我們是什麼老少配情侶而好奇偷瞄我們的服務生也……用一臉對我們客氣的表情為茉斬端上一杯冰咖啡後，便轉身離開。

「……關在十一年前對日本的政治家洗腦，要對方服從美國。」

「也就是妳還在零課獵捕間諜的那段時期啊。可是關現在還活著，代表妳當時被他逃掉了嗎？」

「我是**被迫讓他逃掉**的，因為你的父親出面妨礙。」

「……」

「那天晚上——我在赤坂發現關，於是關逃向美國大使館了。在他即將跨越大使館大門之前，我開槍制止了他。就在我要給他致命一擊的時候——遠山金叉現身了。關當時雖然身受瀕死的重傷，但還是把上半身爬進了大門內。而我和金叉對於他那個狀態下的外交特權解釋產生了不同意見。」

根據聯合國的國際條約，大使館領地是不可侵犯的區域。那是設置大使館的國家擁有的領土，適用該國的法律。既然是在日本的美國大使館，那麼其領地就是美國的領土。日本的檢察官或公安職員別說是要逮捕領地內的人了，若沒有經過駐日美國大使同意，甚至連踏入其中都辦不到。這是無論在什麼國家都必須遵守的絕對規矩。

「遠山金叉主張說──鬬已經在大使館領地內，因此他的罪應該根據美國法律裁定。但我主張──鬬還在日本國內，應該立刻殺死他。」

認為即使是惡徒也應當接受公正審判的武裝檢察官，以及認為惡徒就應當殲滅的公安零課──這樣的對立想法，在美國大使館門前──

「於是我們開戰了。」

演變成了交戰狀態，是嗎？

「……」

「我有如烈火般猛攻。金叉則是把我所有的攻擊都擊落或是用自己的身體擋下，保護位於大使館大門處的鬬。鬬明明侵略了這個國家，那時候卻喚著妻子的名字，為了活下去，為了逃避死亡──一邊呻吟，一邊緩緩爬向大使館內。這件事讓我感到無法原諒，可是……我朝鬬的所有攻擊都被金叉擋下或反射回來。手槍被破壞，體術也不通用，漸漸失去攻擊手段的我……到這時注意到幾件事情，有生以來第一次對戰鬥感到恐懼起來了。」

「……幾件事情？」

「我明明是抱著不惜殺掉金叉的打算發動攻勢，然而金叉的攻擊卻──不知是因為看我年紀較小，還是因為看我是個女人，完全感受不到任何殺氣。但即便如此，我依然一分一秒地漸漸處於劣勢。另外還有一點，就是我透過藏在耳腔中的無線通訊機第一次向零課請求救援，可是卻完全沒有人趕來現場。而且零課課長甚至還透過無線嚴格命令我立刻撤退。」

可鵡韋以前說過……

比任何人都強大，比任何人都堅持貫徹正義的老爸，是連思想對立的前公安零課都感到尊敬的人物。

當時的零課應該是聽說茉斬與那樣的老爸處於戰鬥狀態，所以下令茉斬撤退的。

「即便如此，我依然決定繼續戰鬥。對於那種連危害日本的存在也要保護的法律走狗，我不惜犧牲也要將其抹殺。因為這就是我的信念。然後，我堅持繼續戰鬥的決定是正確的。原本金叉會將我的攻擊反射回來，可是──後來他都不反擊了。他變得只會承受我的攻擊，在流血的同時也開始激烈冒汗。那恐怕是他患有什麼疾病吧。不希望以這種理由獲勝的我為了促使金叉主動撤退而大叫一聲『妨礙我的人同樣要接受制裁』之後，金叉則是回應我『妳有辦法讓我散落的話，那妳就試看看吧』──這就是他最後的遺言了。」

「……」

「他始終守護著大門，站著身體喪命了。金叉從最開始擋在我和闢之間的位置一步也沒退下。很不可思議的是，他腳下的鞋子在不知不覺間有一半左右都埋到柏油路面中了。」

那是──『絕門』……

絕門是遠山家代代相傳『一步也不退』的招式。那是與源義經合作的遠山家祖先看到武藏坊弁慶最後的一戰而創造出來──以自己的性命為代價挺身堵在城門、幹道或房門等等的侵入口，保護城內夥伴或街上民眾的招式。

絕牢雖然可以藉由旋轉身體將敵人的攻擊反射回去，但如果遇上大批軍隊一起攻擊時，旋轉軸就會變得不只一根，導致力量被分散。因此在那樣的場合使用的最終手段『絕門』則是──將敵人的攻擊動能誘導向自己腳下的地面。這必須在體內強硬扭轉動能向量，對肉體的負擔相當激烈，另外也會讓自己的雙腳像釘子一樣漸漸陷入地面中。不過這其實也是絕門這個招式的一部分效果，越是受到敵人攻擊，自己的雙腳就會越陷入地面中，讓遠山武士變得更加屹立不動。

「當金叉死亡的時候，大使館的大門已經關上──闢也已經被大使館職員救走了。就在我確認著金叉的死亡時，大使館叫來的美軍攻擊直升機抵達了赤坂上空。明白已經無法再繼續戰鬥的我躲入黑暗中撤退……後來闢就靠著治外法權獲判無罪了。雖然那之後他好像從日本的工作被調離了一段時間，可是這幾年似乎又調回來負責日本的任務，所以我才又出面把他抓起來的。」

聽完茉斬描述的這段關於老爸壯烈的最終戰鬥——

我比起心中的衝擊，更注意到一件重要的事情。

「金叉那時候毫無疑問已經死了。我仔細確認過他的自主呼吸和心跳都已經停止，因為那就是我當時唯一的戰果。可是為什麼他現在還會活著……」

——老爸那時候使用的招式不是只有絕鬥而已。

「關於關的事情，還有老爸的事情……妳告訴了我兩件事，所以我也告訴妳兩件事。就是我老爸即使呼吸和心跳都停止了卻沒有死亡的可能根據，還有他會輸給妳的理由。這內容會包含關於我身體的重要情報，所以和妳剛才說的這些應該可以算是等價交換。妳可別向我要求更多喔？」

既然狀況演變到現在這樣，我就算要洩漏這些情報導致自己不利——也應該和茉斬共享情報，研擬出可以接近老爸的作戰策略會比較好。畢竟在今後的戰鬥中會伴隨的生死風險終究只是風險程度，但能否克服對卒則是絕對關係到我的生死啊。

「我知道了。無論你或者金叉，都是以會使用多種神奇招式而出名。難道你們連起死回生的招式都有嗎？」

「有是有，但那是我自創的東西。老爸使用的應該不一樣，而是更古老的、遠山家代代相傳的招式。」

「……」

「在說明那招式之前，我先告訴妳老爸在跟妳戰鬥的途中忽然變得狀況不良的理由。我想你們一族的人如果過度勉強使用六檔——也就是六樓，應該也有喪命的風險吧。反正妳應該已經聽尼莫說明過原理，我就跟妳明講了，我們的ＨＳＳ也是會對大腦造成沉重負擔的特殊體質。使用的代價就是會造成罹患對卒——也就是腦溢血的風險。」

「腦溢血……原來如此……確實，他當時痛苦的樣子看起來很像那樣。」

「老爸知道自己帶有罹患對卒的風險因子，然後在跟妳那場戰鬥中對卒發作，可是自己又不能抽身離開。在那樣的狀況下——他想出了『封鎖對卒』的招式。我也是聽完妳剛才這段話才想出來的。這方法雖然無法治療對卒，不過可以暫時撐過危險狀況。至於應用到封鎖對卒的原型招式是什麼，我從妳剛才的描述中也知道了——是『擬奇屍』。」

「擬……其失？」

「無論是怎麼樣的戰鬥，只要對手喪命就結束了。死亡會讓戰鬥結束，但那是指一般人類的狀況。遠山家則是把『死』也當成戰術的一種來利用。所謂的『擬奇屍』簡單來講就是『裝死』。原本是我家的祖先中不知是誰想出來的——在戰場上倒地偽裝成屍體，等敵人經過時再忽然偷襲的一種超狡猾的招式。不過……後來經過代代鑽研改良，讓這招甚至發展到能夠自主進入假死狀態了。呼吸自然不用說，心臟也能像動物冬眠一樣近乎停止到幾個小時才跳一次的程度。我雖然因為停止呼吸的修行實在太痛苦而沒能完全學會這招……但我想老爸肯定是把這招擬奇屍拿來當成對卒的緊急應對手法。畢竟就算大腦血管破裂，只要讓心臟停下來就能阻止出血了。」

「這未免……太亂來了吧……」

即便是平常冷靜沉著的茉斬，聽到我這段話還是多少表現出驚訝的樣子。

「而妳當時就是因為擬奇屍本來的效果──見到老爸變得幾乎跟屍體一樣，而離開了現場。畢竟既然敵人都死了，繼續戰鬥下去也沒有意義啊。」

「也就是說──把那張照片、關的思考、我的證言以及你的推理組合起來，已經可以**確定**這件事情了嗎？」

「沒錯，**老爸還活著**。」

雖然我沒辦法告訴茉斬，但其實還有其他的證人，就是獅堂。獅堂為了把我拉進公安零課，曾經隱約暗示他有和我老爸交手過的事情。因此在這點上已經可以確定了吧。

「──你打算去找金叉對吧？」

「妳也是吧？」

「剛才我也說過了，我無法原諒自己應該已經解決掉的對手居然還活著。」

身為完美主義者的茉斬大概是不把老爸殺掉就不甘休吧。

這點雖然是這件事情上最初也是最大的問題點，但我有幾項可以跟她交涉的材料。除了戒指之外──茉斬對於關以及老爸的事情上是為了私怨，是她的擅自行動，並非N的指示。既然如此，作戰中的行動決定權就在於茉斬本人，而從目前為止的狀況看來，茉斬應該是會接受交易的類型。因此——

「既然老爸明明還活著卻不在日本，代表他應該是基於某種理由在隱藏自己的下落。想要把隱藏蹤跡的武裝檢察官找出來可不是什麼簡單的事情。既然妳跟我都抱著要找到老爸的想法，那麼我們與其互相競爭還不如彼此合作會比較好。當然這不至於會要求到一起行動的程度，但至少找到的時候要告知對方。怎麼樣？」

「……只要我跟你合作，你就會把戒指還給我嗎？」

「等一切都圓滿結束之後，我會考慮看看。另外，這項合作有個條件，就算妳遇到老爸也不要攻擊他。相對地，今後我如果遇上尼莫也不會做出攻擊。」

茉斬剛才已經透過電話確保了尼莫的安全，因此這個交換條件以短期來講只對我有利。不過——

「好。」

茉斬立刻接受了。這代表尼莫對於茉斬來說是非常重要的人物吧。

另外，看來尼莫對N隱瞞了她跟我在無人島上交流過感情的事情。茉斬現在依然以為我只要見到尼莫就會攻擊她，所以認為既然可以防止我今後攻擊尼莫，這交易也不算壞。在這點上，是我的情報勝利。

「可是既然這樣，我就沒辦法藉助於N的力量了。畢竟要是我發現打算殺掉尼莫的金叉卻沒有發動攻擊，看在N的眼中就是一種背叛行為呀。」

「不用藉助於N，妳繼續保持單獨行動就好。說到底，要是把除了妳以外的N成員扯進來——那傢伙就會對企圖殺掉尼莫的老爸出手，我們剛才這項交易就沒有意義啦。剛才關的時候我也說過了，不僅限於老爸，只要跟這件事情扯上關係的人一個都別殺。要是我因為擴大解釋武偵法第九條而被判死刑，戒指的下落也就永遠無人知曉啦。」

「……除了金叉以外的人也算嗎？那有點難呢。生命是很脆落的東西。就算我只是抱著輕輕摸一下的打算，對方也是可能會死呀。」

「如果妳不想被我輕輕摸一下，就乖乖聽我的話。」

「你這孩子對年長的女性還這麼強勢。不過……我知道了，我會努力不殺人。但我有一個請求——就算有戒指的事情撐腰，也希望你今後能表現得像個紳士。」

「什麼意思？」

「你是男人，而我是女人，不是嗎？」

聽到茉斬這麼說，在我腦中頓時……浮現出高舉著戒指的我，以及為了得到戒指什麼話都乖乖聽從的茉斬……這種男女之間陷入禁忌關係的畫面。

我因此讓爆發性的血流加速而臉紅起來，說著「……那、那種事情反而是我比較忌諱，妳用不著擔心。我絕對不會利用戒指對妳提出那種要求啦」地，又變回平常的我面對美女大姊姊時的態度了。

茉斬觀察著我那樣完全像個小男孩的反應，露出確認了自己安全似的表情後……

「——如果想找到金叉就需要線索。可是我們現在手頭上只有這張照片。所以在下次見面之前，我想想……到禮拜天之前，我們各自去調查關於這張片的事情吧。我暫時住在這地方。要是遇到我不在，就在房間等我。」

她說著，交給了我一張飯店——赤坂格蘭王子酒店的鑰匙卡。

3彈 狐步

和茉斬解散之後，我徒步走到新宿，搭山手線坐了五站——來到位於巢鴨本妙寺的遠山家家族墓。我剛才打電話回老家的時候是奶奶接電話，說爺爺今天因為是曾爺爺的忌日而來掃墓了。

「……爺爺。」

在周圍房屋的燈光與街燈照耀下還算有點亮、由遠山景元題字的石碑與五輪塔造型的家族墓前……我看到了身穿輕便和服的爺爺，正喝著祭祀後剩下的酒。今晚感覺莫名悶熱呢。

「是金次啊。怎麼了嗎？」

因為平常對家裡的佛堂都不太會拜的孫子居然會跑來墓前，讓爺爺疑惑得歪了一下他長滿白髮的頭。

我雖然今晚得到了關於老爸的證言，不過……

「我最近也升上十八歲了。在遠山家是隨著年齡增長可以有權利知道更多家裡的事情對吧？能稍微告訴我一些關於老爸的事情嗎？我從以前就很想知道，他的遺容安詳嗎？」

要是我跟爺爺說老爸還活著的可能性很高之類的事情，他搞不好會心臟病發作讓所剩不多的壽命一口氣耗光。因此我瞞著這點，如此詢問他了。

「嗯……遺容、嗎？老子也沒看過。當時只是檢察局長親自來交付遺物，並告知了關於金叉殉職的事情啊。」

爺爺雖然平常直覺敏銳，但喝醉時就要另當別論。對於我的問題，他並沒有表現出感到可疑的樣子。

「那埋在這裡的是什麼？」

「這裡只有金叉當年進入武檢局時交給老子的遺髮而已。金叉在跟伊藤交手之前就發作過好幾次的對卒，但他還是為了人民繼續奮鬥——是遠山家引以為傲的大笨蛋啊。」

原來如此。原來是這麼一回事。關於老爸的裝死，**檢察局也有參一手**啊。

但我能夠知道的就到這邊了。就算去調查檢察局肯定也只會白費力氣，畢竟那裡的保密體制跟其他地方是完全不同等級。

「老子去跟寺廟住持打聲招呼再回去。你也拜一下墓吧。」

爺爺說著，走向寺廟佛堂。而背對著他的我……沒有向家族墓合掌，我不會拜的。

畢竟對活人拜墓也太奇怪了。您們應該也能諒解吧，祖先大人們？等事情稍微再搞清楚之後，我會再來向您們報告的。

半夜，在今晚過夜的老家——我用手機拍下了擺在佛堂的老爸遺照。因為老爸檢察官時代的照片非常少的緣故，連這張遺照都是一九八〇年代，他快要三十歲時拍的照片。老爸奮戰的時代正是那個冷戰時期，主戰場就是被夾在美國與蘇聯之間、實際上當時是東西陣營最前線的日本，對抗來自世界的超．超人諜報員們。

——我接著出門來到便利商店，用多功能複合機將茉斬給我的照片掃描成檔案，寄給某個人物。便利商店的影印機基於個人情報保護法，無論是掃描檔案或寄件檔案都會立刻刪除，在機密送收件上其實意外地很方便。

然後我馬上就在出了店門的路邊——用Skype傳送「我想知道剛剛寄過去的那張照片是什麼地方」的英文訊息給剛才寄件的對象，並嘗試通話。

結果不出所料，那女性從大白天似乎就坐在自己房間的電腦前……

『Nice to hear you，金次。日本現在應該是半夜時間，可見這是個緊急案件。不過……要委託我推理，就像是要租借超級電腦一樣。即便你是姊姊大人的搭檔，費用也不便宜喔。』

住在倫敦貝克街的名偵探——福爾摩斯四世的梅露愛特立刻就接起了通話。

而且還是老樣子講話拐彎抹角的，劈頭就先跟我提起報酬的事情。這個該死的小氣貴族。

「——一千元怎麼樣？我知道妳肯定不接受，所以……妳現在有沒有什麼其他想要的東西？」

就算想付錢也沒錢可付的我抱著碰碰運氣的想法如此詢問後……

『有。』

哦……看來這邊似乎也可以透過交涉解決喔？

「是什麼東西？妳說說看。」

『偶像灰姑娘的有森藍子。LR＋卡。永恆超級轉蛋我怎麼轉都不中呀。』

「那、那是什麼……妳在講啥……？怎麼轉？都不中？」

難道是商店街的抽獎什麼的嗎？可是她的話聽起來好像是想要什麼人的樣子，一堆不知道是什麼新詞彙的單字我也聽都沒聽過，我不懂，我完全聽不懂啊……！

後來梅露愛特一邊嘀咕抱怨『金次是日本人吧？這種常識你應該要有才對呀』一邊告訴了我……那似乎是一種叫『偶像@灰姑娘』的手機遊戲，因為角色插圖很可愛的關係現在非常熱門的樣子。梅露愛特甚至為了這個特地從日本買了手機。

而我剛才想像的抽獎其實雖不中亦不遠矣，在那遊戲中有一種叫「轉蛋」的機制，聽說用虛擬貨幣付費就能以某種機率獲得女孩子的插畫圖像。然後梅露愛特現在想要的那張圖據說中獎機率非常狠毒，只有百分之零點零一五的樣子。

「就算同樣是一千元，妳跟我拿現金不是比較好嗎？妳想要的那個不就只是一張jpg圖檔而已？」

『日本銀行鈔票的稀有度根本只有N吧。』

我面對語氣像個賭博成癮患者一樣回答內容莫名其妙的梅露愛特……

「唔唔——我真是了不起。我想到可以轉出那個什麼藍子的方法啦。」

『咦！真的嗎？人家都說要轉出她幾乎是不可能的呀。』

「我可是化不可能為可能的男人。我會告訴妳百分之百轉出藍子的方法，所以妳告訴我剛才那張照片的場所。妳推理得出來嗎？我只知道大概是在美國而已。」

聽到我這麼說——梅露愛特立刻「啪！」地發出用夏洛克的菸斗輕輕抽了一口櫻桃精油的聲音。

『我早就已經推理出來了。光看一秒我就知道了那是什麼地方。用這麼初步的推理就能換到保證轉出藍子大人的方法，甚至會讓我有種罪惡感呢。那麼我就如小步舞曲的舞步，循序漸進地告訴你。從前從前，從建國以前，美國就是透過選舉在決定政治家。』

「妳在講什麼？」

『畢竟美國實際上是個以基督教為國教的國家，因此星期天是安息日，不能舉辦選舉。而且美國國土廣大，過去甚至有很多人光是坐馬車到投票所就必須花上一整天的時間。基於這些原因，美國的投票日是定在星期二。即使到了二十一世紀的現在，依然延續著星期二投票的習慣。』

「所以妳到底在講什麼啊……雖然是讓我增長知識了啦。」

『其中在美國來說最重要的選舉——總統選舉當年的二月或三月初的一個星期二——被稱為『超級星期二』。實際上就是共和黨與民主黨各自決定出一名候選人的初選日。這張照片是兩年前的超級星期二，二〇〇八年二月五日星期二，上午十一點左右的洛杉磯。照片中拍到的是現任總統——也就是當時與希拉蕊．柯林頓競爭激烈的巴拉克．歐巴馬的競選車隊與他的支持者們，還有特勤保鑣。』

梅露愛特講得毫不猶豫，一副理所當然似地具體判斷出照片的日期與地點。真的假的啊？

「這裡面拍到的明明只有看起來很像美國的街角，還有人群和車子而已啊……話說，妳為什麼可以知道這張照片是洛杉磯啦？」

『這是連像金次這種小石頭般的腦袋也能明白的基礎推理。關於我為什麼會知道是洛杉磯，我最後再告訴你。在我說明其他部分的時候，你先好好觀察那張照片吧。呵呵呵！』

可惡啊……居然把我的腦袋形容成小石頭。

梅露愛特很壞心眼地丟給我一道謎題後，為了得到她所謂藍子的ＬＲ＋卡而開始說明起其他的推理內容。

『這車子是裝甲樣式的雪佛蘭Suburban，是特勤局的護衛車。會用這樣的車輛組成車隊護衛的美國政治家只有美國總統或總統候選人。雖然因為照片的焦點對到建築物的關係讓文字看不太清楚，不過車隊那裡有很多人舉著牌子對吧？牌子上面畫有美國民主黨的象徵標誌——驢子圖案。換句話說，這極有可能是民主黨重要政治人物的車隊。』

而站在看起來像在護衛那個車隊的位置，注意警戒周圍的老爸——這個時候正基於某種理由，在護衛巴拉克‧歐巴馬的意思嗎……！

『另外，從這間街角攤販的雜誌就能知道照片拍攝的時期。』

「這點我也想過，但文字模模糊糊的，連雜誌名稱都看不出來吧？」

『就算不看文字，從圖畫也能進行判斷。這雖然好像是一間只賣報紙和新刊雜誌的攤販——不過也有賣一些漫畫。和日本的漫畫期刊不同的是，美國漫畫是一個作品一話，以薄薄的書本形式在販賣……這裡面可以看到「特攻聯盟」的漫畫，屌爆俠和超殺女被成對畫在封面上的只有最後一集的第八話。這本書雖然版權頁上標示的出版月份是二〇〇八年三月，但實際上從二月就提早販賣了。』

「妳身為御宅族的涉獵範圍還真廣啊……或許這樣可以知道月份，但妳怎麼知道日期的？」

『因為道路是溼的。這應該是下過雨的關係。洛衫磯一年之中有三百天以上都是晴天，當年選舉期間有下過雨的也只有二月五日的早上。另外既然知道洛衫磯的經緯度，就能從物體的影子角度推測出時間。而這個時間在洛杉磯的民主黨候選人就只有巴拉克‧歐巴馬一位而已。』

「等等，妳這些推理全部都是根據『這裡是洛衫磯』的大前提，要不然就無法成立了吧？雖然妳一開始用猜謎的形式略過這點沒有說明，但是從這張照片根本無法知道那種事情啊。」

『你還沒搞懂嗎？那就當作是答題時間到了吧。在透過這個道路與道路之間看到的遠景，雖然對焦也模模糊糊的——不過可以在遠處的山上看到一個白色的「D」字吧。這可以說是全世界最有名的「D」喔。』

「……？」

『就是好萊塢標誌呀。』

——好萊塢標誌……！

那是設置在洛杉磯郊區的丘陵——好萊塢山上，縱長足足有十四公尺的巨大文字看板。由HOLLYWOOD九個字母排列而成，是洛杉磯的著名地標。

而在這張照片中只有其中最後一個字母——『D』可以透過住宅大廈和商業大樓之間的縫隙看到。

『從這個「D」的大小與角度等等也能推斷出照片中的地點。是洛衫磯東部，市中心卡西塔路的九號。』

「……真不愧是梅露愛特。這下搜查行動就能有所進展啦。感恩。」

我把梅露愛特說的地址抄到武偵手冊上，並準備掛斷Skype的時候……

『等等，金次。你還沒告訴我轉出藍子大人的方法。』

梅露愛特把她的臉連同頭上那個荷葉邊髮飾一起逼近畫面。哦哦對了，因為這報酬實在蠢得過頭，害我都忘啦。

「好，我告訴妳。妳說妳轉蛋不管怎麼轉都轉不出那個叫什麼藍子的人物對吧？」

『沒錯。我要怎樣才能轉出來？』

「就一直轉到出來為止。」

我如此說道後，不等對方抗議便掛斷了通話。事後付費還真是輕鬆呢。

上次因為我的慰勞會而開始，因為我的高認落榜而結束的遠山兄弟姊妹會議——當時雖然是五名女性，不過這次由我緊急召開的聚會中，是三男二女。這種每次見面就會有幾個人變換性別的遠山兄弟姊妹獨特風格就先暫時不講……星期六早上，我們五個人在GⅢ居住的六本木新城住宅大廈再度集合了。

在安格斯幫忙預約包場下來的四十二、四十三樓挑空式居住者專用休息室中——我把老爸還活著的事情，他現在在美國某個地方的事情，二〇〇八年在洛杉磯護衛過巴拉克・歐巴馬的事情，以及關步、伊藤茉斬、時任茱莉亞、梅露愛特等等情報來源都一五一十地告訴了其他人。

大哥背對能夠俯瞰東京的窗戶，看著照片中的老爸……

「……雖然不算清楚，但應該是他本人。」

看來身為兒子的直覺果然可以知道這點的他如此說道。一方面也因為年齡上的緣故，大哥對老爸的記憶比我還要鮮明。而現在那樣的大哥也光看一眼就認定照片中的人物是老爸，讓這點變得更加確定了。

「……真的假的……我以前也有護衛過巴拉克・歐巴馬。原來我們父子兩人護衛過同一名重要人物啊。」

以前有掌握到老爸入境美國紀錄的GⅢ看到這證據也還是感到吃驚。

「不過老爸擔任護衛的時期應該比你早很多就是了。那時候歐巴馬總統還只是候選人而已。另外還有一點……老爸似乎企圖要暗殺『N』的提督——尼莫的樣子。」

即便是心中某個角落似乎本來就有猜想到老爸還活著而很快就接受了這點的大哥和GⅢ——聽到我接下來這句發言還是驚訝得把頭抬了起來。另外金女和金天也是。

「老爹以前應該沒有接過殺害重要人物的任務吧？」

GⅢ對我如此問道後……

「沒錯。不過我要在這邊補充一點，時任茱莉亞的腦波計從來沒有讀錯過。」

我把視線落在玻璃桌面的矮桌上，只能這樣回答他了。

「——爸從沒有任何一次的任務沒達成過目標。就連他被伊藤茉斬殺害的那時候，就結果來看也是成功制止了伊藤。」

換句話說，老爸會把尼莫殺掉——自己身為加奈也總是會讓任務完美成功的大哥對我如此提出警告。

「我已經透過那個茉斬，叫尼莫躲在N的基地了。因為她現在剛好就在美國，很危險啊。」

聽到我這麼說……以前在羽田海上差點被尼莫殺掉的GⅢ與金天自是不用說，大哥與金女也都露出似乎有什麼話想講的表情。

因此我搶在他們之前先開口說道：

「大家想說什麼——我也知道。畢竟這也可以說是只要放著不管，就能讓N的重要人物自動消失的好機會。但我絕對不是背叛加入了他們的陣營。呃……雖然這有點難解釋，總之簡單來講……尼莫並不是什麼壞人。之前漂流到無人島的時候，我和尼莫之間發生過很多事情，讓我明白了這點……」

知道尼莫雖然是N的重要人物但同時也是個女性的在場所有人，看到我臉頰有點泛紅地如此說道後……都紛紛露出理解了什麼事情的表情。

接著……

「既然老哥這樣講，我也相信就是了啦。」

「也罷。畢竟利用女性破壞敵對組織是遠山家的慣用手段。像我自己以前在伊・U的時候也對佩特拉做過類似的事情啊。」

男性們各自露出傻眼和天然認真的表情。

「原來如此喔～又是哥哥最擅長的那招呀～」

「即使被開過那麼多槍，還能夠把對方視為一名女性——哥哥大人真是太厲害了！」

女性們則是分別露出感覺把尼莫鎖定為目標的暗黑微笑，以及連這種狀況都能變換為對我的尊敬心，腦袋構造簡直像親戚的白雪一樣讓人感到恐怖的閃亮亮眼神。

雖然四個人的反應都不太一樣……不過我透過茉斬保護了尼莫的這件事……應該

姑且被接受了吧？

「總結目前的各種情報來看，老爸至少到二〇〇八年都還活著。而我——打算去把他找出來。茉斬似乎也是這樣打算的。」

聽到我如此宣告後，很有氣質地雙腳併攏坐在沙發上的金天接著……

「雖然我並沒有要把爸爸的事情講得很壞的意思，不過……要去把他找出來會不會很危險呀？從剛才的話聽起來，爸爸現在應該是在負責暗殺恐怖分子——尼莫的任務，也就是在執行身為特務的工作對嗎？要是去追蹤他的下落，我想應該會受到美國司法的妨礙。另外，也不知道伊藤茉斬小姐會怎麼行動……」

用溫和的眼神如此擔心說道。

「要說危險也不是只有這次。關於伊藤茉斬那方面，我有把柄可以牽制她，應該不需要擔心。當然，即使這樣我還是有必要監視茉斬，以免她對老爸出手就是了。另外，我會想去把老爸找出來的最大理由……我就在這邊重新對在場所有人正式說了，我今年春天的時候有發作過對卒的症狀。」

對卒是遠山家的遺傳性疾病，老爸過去也曾發作過——然而他後來在美國擔任武裝職業，也就是有機會以HSS狀態戰鬥的工作。這也就是說，他不只是緊急撐場用的擬奇屍而已，很有可能也創出了長久性抑制症狀的方法。因此能否找到老爸並問出那個方法，將會關係到我的存亡。聽到我這麼說之後，金女和金天都表現得相當驚訝。不過大哥或許是已經聽爺爺說過關於我罹患對卒的事情……

「——我也跟你去。」

他只是很冷靜地說出這樣讓人感到可靠的話。然而……

「大哥你留在日本吧。佩特拉現在是很重要的時期吧？而且萬一我失手喪命的時候，應該至少還是可以得到比現在更多的線索……所以我想拜託大哥到時候再代替我去把老爸找出來，問出克服對卒的方法。對卒這個疾病將來還是會繼續殺掉我們遠山家的人們，而我希望可以在我們這一代畫下休止符。」

我用事前準備好的這段話回應了大哥。

雖然聽起來似乎很有道理，但其實我真正在想的不只是這些。

大哥現在已經結婚，成為了父親。既然爆發模式是以大腦中與性有關的部位為導火線，碰到像大哥這種身為男性的過渡期時就會有發生狀況不良的可能……在遠山家的古老紀錄中有記載著這樣的內容。上次我從扮成加奈的大哥身上感受到的不正常感，或許就是這麼一回事。只要心中存在有那麼一點點這類的擔憂，即便是兄弟聯手也可能出現破綻。雖然這話感覺有點烏鴉嘴……但萬一讓大哥不幸死在美國，佩特拉和她的小孩就太可憐了。

「金女也留在這邊。畢竟妳在某方面來講是因為資料上紀錄為已經遭到GⅢ殺害，美國方面才沒有來找妳麻煩。但是如果妳現在又大搖大擺出現在洛杉磯，事情會變得很複雜。妳就留在日本幫佩特拉的忙吧。」

被我如此命令後，金女便「了解～畢竟金一哥哥在照顧佩特拉姊姊這方面完全不行嘛」地搖著栗子色的秀髮對我點點頭。

「請問我也是根據同樣的理由要留下來嗎？」

金天接著這麼問道，於是我搖搖頭——

「妳是更加根本的理由。妳要去上學才行吧。在日本，到中學為止都是義務教育啊。」

最後，我看向坐在沙發上的GⅢ。

「GⅢ，你跟我來。我在美國需要有人帶路。」

「好。就算你叫我別跟我也照樣會跟去。畢竟我同樣會有對卒的風險啊。不過在這件事情上，可別把我的部下們扯進來。要是找到了老爹，你會阻止他暗殺尼莫對吧？那樣是有利於N的行動。咱們一直以來都是基於跟N戰鬥的方針在行動，到時候可能會難以駕馭部下們。就算靠命令壓下來，身為人還是會有所謂的感情。雖然我想應該勉強還算沒問題，但老哥你讓梅露愛特・福爾摩斯出手協助的這件事情也是有點操之過急啦。」

這麼說……也對。即使有多正當的理由，我現在的行動——從賭上性命與N戰鬥的人們眼中看來，依然是幾近於黑的灰色地帶。也很有可能成為他們出手制止，甚至攻擊我們或協力者們的動機。在這點上必須注意才行啊。

大哥從裝備科買來給我當克羅梅德爾新裝備的二手貨水手服，在領巾內側繡有

「朝日向胡桃」的名字。我內心祈禱著這人不是什麼美女並上網查了一下，然而天不從人願，搜尋結果出現一名東京武偵高中CVR畢業的美女配音員，害我嚇得發抖了。要是讓這個蘿莉巨乳如花朵般的體味附著在衣服上，我光是害怕「穿即爆」就沒辦法使用了。因此我將那套防彈水手服交給台場的洗衣店，並特別要求加強脫臭處理了。

到了與茉斬約好討論今後方針的星期天，我先完成了松丘館的作業後……在天色徹底變暗的晚上出了位於學園島的自家——想起送洗的防彈水手服還沒領回來，而且要是繼續放著會被保管科拿走，於是我順路到洗衣店領回衣服後，覺得先回家一趟的電車費也很浪費，便直接前往赤坂了。

搭乘東京地鐵銀座線來到赤坂見附站後，我穿過首都高四號線、國道二四六號線與四〇五號線交錯重疊的車道——進入赤坂格蘭王子酒店，通稱赤王酒店。

穿過金框的大門後，便能看到乳白色大理石裝飾的飯店大廳。柱子都磨得如鏡面般光滑，來自世界各國看起來很有錢的旅客們來來往往。大廳右手邊深處掛有具現代感的水晶吊燈以及一間小小的咖啡店，店裡的中年男女們彷彿在感懷過去的泡沫經濟時代似地享用著茶與蛋糕。

（……畢竟我和茉斬在「找出遠山金叉並讓他中止暗殺尼莫」的想法上一致，所以現在姑且算是合作關係。但金天擔心的內容也沒錯。我必須好好盯住茉斬才行。）

對於茉斬來說，要阻止老爸暗殺尼莫最快的方法，就是再一次把老爸殺掉。而且那女人說過她無法原諒自己應該已經解決掉的對手居然還活著，因此我不能鬆懈大意。

就我遇過的狀況中，N的成員們通常都是以三人一組的模式執行戰鬥行動。但是也曾有過明顯不符合這個模式的攻擊，就是茉斬襲擊護衛艦「春霧」那次。

個性上獨來獨往的茉斬或許當時是獲准單獨行動的吧。可是在那場戰鬥中她遺失了銀戒指遭到降級，似乎成了瓦爾基麗雅的部下。明明個人能力很優秀，但一進入組織就孤立而犯錯，從第一線遭到降級。茉斬根本是在重蹈自己以前在公安零課時的覆轍，真是個不懂得記取教訓的溝通障礙女。

然而這次暗殺關未遂的行動中，茉斬是單獨犯行。或許是因為上司瓦爾基麗雅被逮捕的關係，讓她現在暫時可以自由行動吧。但是她只要拿不回銀戒指，可能遲早還是會被重新分配為誰的部下——而這點讓茉斬感到難以忍受。那傢伙目前在N的立場大概就是這樣吧。

而能夠讓她恢復權限的銀戒指，現在掌握在我手上。那枚戒指對茉斬來說是攸關自己能獲得自由還是遭到束縛的重要物品，應該可以當成相當強力的交涉材料不會錯。

雖然不是我想學大哥說的遠山家慣用手段，不過如果我要利用女性從內部破壞N——那個女性搞不好會是茉斬呢。

茉斬的房間位於十樓，因此我用之前她給我的鑰匙卡感應電梯，來到只有住宿房客才能上來的客房樓層……穿過鋪有深紅色地毯的走廊，到茉斬的房間門前按下電鈴。

可是……從金色外框的房門內側卻完全沒有反應。

（難道她不在嗎？）

因為之前茉斬說過要是她不在時就到房間裡等她，於是我用鑰匙卡進到房內。以黑色為基礎色、裝飾雅致的房間內——只有暖黃光的落地燈亮著，給人感覺有些昏暗。

房間大小約六十平方公尺，算是中小型的套房吧。沙發前的黑色玻璃桌上擺有錫製的盤子，裝了大概是茉斬向飯店叫來的草莓。

我將裝有朝日向胡桃二手防彈制服的塑膠袋放到牆邊，走向從地板延伸到天花板、可以俯瞰首都高與美國大使館夜景的落地窗……

「……嗯？」

可是就在經過沙發旁邊的時候踩到某種柔軟的東西，稍微被絆了一下。

結果我手上的鑰匙卡不小心掉了下去，剛好就掉進那東西裡面。是茉斬的黑色長靴啊。

那雙靴子的鞋帶鬆開著。既然脫下來的靴子會在這裡，代表茉斬在房間嗎？但是我沒看到地說。

話說回來，要是我沒了鑰匙卡會很不妙。因此我用左手拿起靴子，把右手伸進裡面。

……這靴子似乎才剛脫下來沒多久，裡面還溫溫的。真討厭啊。

鑰匙卡是以奇怪的角度掉進去，結果我用手指掏卻讓它變得更難拿出來了。靴子裡似乎有什麼可以靠腳趾操作的開關，而鑰匙卡的角就剛好勾在那地方。不知不覺間我的手指、鑰匙卡與開關以奇怪的方式纏在一起，要是我勉強硬拔搞不好會把塑膠製的鑰匙卡折斷。傷腦筋。

（裡面到底是什麼構造……？）

我探頭看了一下靴子裡面，但因為房內燈光太暗，看不清楚。於是我只好把臉湊近靴子口。就在這時……

……糟糕！我莫名敏銳的嗅覺發動了……！

以前幫梅露愛特脫靴子的時候我也有發現，女性的鞋子可說是爆發性的危險物品。女性的腳為了讓男性在自然界環境中可以循足跡找到自己，而具有會大量分泌女性費洛蒙香氣的原始機能。在這點上茉斬似乎也不例外……這靴子中充滿了皮革與女性費洛蒙混雜在一起、強烈刺激本能、具有中毒性、讓人會上癮的氣味，危險性極大啊……！就在我不禁如此慌張起來的時候——

我注意到從這間大房間的深處傳來「沙——……」的沖水聲，於是趕緊朝那方向一看，便看到我原本以為是牆壁的霧玻璃另一側——有個身材完美的女性人影。

人影的顏色、是全身膚色……！茉、茉斬姊姊正在沖澡！

要是讓我目擊到那個美女的裸體，根本不會在意年齡差距的爆發金次究竟會搞出什麼事情誰也不知道。或者應該說，從過去的體驗就能知道我對年長的異性很沒抵抗力啊！

——必須快點從房內撤退才行！可是我的手又沒辦法從靴子裡拔出來！

於是我趕緊屏住呼吸，把臉幾乎貼到靴子的開口，想要靠目視確認靴子的內部構造……的時候……

……嘰！喀啦喀啦……滴答、滴答……喀嚓……

「……嗚……！」

「……我說、你、在做……什麼？」

把浴巾拿在手上的茉斬，用不帶感情的眼神——如此詢問把靴子開口像防毒面具一樣貼在臉上的我。

就在我全身僵住的瞬間，靴子裡的開關「喀！」一聲被扳動，結果從鞋跟部分「唰！」地彈出鋒利的刀刃！雖然我的左手手指運氣很好沒有被當場切斷，不過我還是嚇得鬆手讓靴子掉了下去——因為鞋內開關凹下去的緣故，讓我的手指順利脫離，鑰匙卡也順勢彈了出來。在這點上雖然很好……可是……

原本還能稍微遮住我視野的靴子現在不見的關係，害我看到啦。

即使燈光昏暗，我、我、我還是看到了……！不知道是不是因為剃掉的關係，全身光溜溜的……茉斬大姊姊的、裸體全身像……而且意外清楚……！

——在這樣的危機中，我緊急發明了一招起死回生的新招式……

「妳是裸體族嗎！給我穿上衣服啊！至少那條浴巾不要只是拿在手上，給我圍住身體行不行！」

突然情緒激動的惱羞成怒大法。靠著對很沒常識地全裸走出浴室的茉斬大聲發飆，讓大腦把注意力放到爆發以外的工作上。

「我才不要呢。我的衣服現在正在洗，而且等一下就只是要睡覺而已呀。你明天再過來吧。」

呃呃……？這個人難道睡覺不穿衣服嗎……？還真的是裸體族啊……

「之前不是約好我星期天會過來嗎？」

「現在時間太晚了。你是男人，而我是女人。另外我想問你……你把臉、靠在我鞋子上、請問、是在做什麼？」

不、不妙，茉斬從發言途中變成了斷斷續續的敬語口吻。她連結到多層腦了。看來她似乎誤解我是在享受靴子裡的氣味，而生氣起來啦。

順道一提，我以前武偵高中時代也曾經在柔道場入口內的自動販賣機前不小心把一百元硬幣掉進蘭豹的戰鬥靴裡，犯下了跟這次相同的錯誤。當時我被滿臉通紅的蘭豹摔了四十次過肩摔，昏了半天左右。女人似乎也知道自己的鞋子是氣味袋的事情，而要是被男性拿到自己的鞋子就會羞恥到暴怒的樣子。除了是自己故意讓我拿鞋子的梅露愛特之外。

「呃……關於我來得很晚的事情，我道歉。因為我有補習班的作業要寫。我還是個學生……」

我講到這邊，從「學生」這個關鍵字——想起自己有把克羅梅德爾的防彈水手服帶來的事情……

「對了，如果妳衣服還在洗，沒東西可以穿，就穿這個吧。畢竟要我明天再來一趟的話，往返的電車費用也很花錢。而且在老爸的搜查行動上要是對應太慢肯定會變得很棘手。我不想為了這種理由拖延一天。」

我如此說道後，低著頭把水手服交給茉斬。

結果……

「為什麼你會帶這種東西過來？而且尺寸還跟我很合。」

咦？裸體茉斬變回普通的講話方式了。雖然不清楚原因，但她似乎氣消啦。

「這是那個、只是偶然而已。」

「……也罷。你轉過去，稍微等我一下。」

就這樣，我轉身背對茉斬後……茉斬用浴巾擦乾自己的身體與長髮，「沙、沙」地穿上武偵高中的紅色水手服。而且從狀況判斷，她在衣服底下完全沒穿什麼內衣褲。

「可以了。你也坐下來吧。」

坐到高度較矮的沙發上，翹起大腿的茉斬——從百褶短裙底下伸出修長的雙腿。這樣完美的身材，簡直就像從畫中跳出來的動畫角色一樣。而且很巧的是，那套制服剛好也是女配音員淘汰下來的衣服啊。

仔細一看，茉斬的眼睛並沒有望向我，而是望著在昏暗房間內有如鏡子般的窗戶玻璃。或者應該說，是望著映在玻璃上的自己。

「……」

我戰戰兢兢地盡可能坐到離茱斬較遠的位置——也就是她對面的沙發上。

然而這卻是個錯誤的選擇。因為沙發很矮的緣故，茱斬的裙襬被她的大腿撐高到幾乎呈現水平的角度。而我這下必須從正面看著她那個樣子，簡直受罪啊。不過畢竟房內燈光昏暗，讓茱斬白皙的大腿產生的影子很濃，使得裙子的內部風光超級安全。影子謝謝。謝謝影子。

「然後呢？有什麼進展嗎？」

啊啊啊啊啊茱斬姊姊拜託妳不要換腳翹啊！

「為什麼變得好像是我要向妳報告一樣啦？如果妳態度太差，我什麼都不說囉？」

我雖然故作冷靜抱怨不平，但其實內心光是判斷自己剛才究竟是有看到活神明茱斬大人的裙底風光，還是只有看到影子而已，就讓腦袋快要處理不過來了。

「那是要我坐到你旁邊依偎在你身上，你就願意跟我說了嗎？居然還帶這種衣服過來——給已經成年的女性穿在身上。你明明還那麼年輕，就已經有這樣的癖好了？」

嗚嗚嗚，茱斬小姐為什麼要講那樣爆發性的發言嘛？聽她這麼一說我才發現，年紀不小的大姊姊穿著水手服的模樣確實讓人有種是男人、或者應該說是我『叫她穿上』的感覺。而且這套水手服為了讓人一眼就知道是武偵高中的學生，以達到嚇阻壞人、預防犯罪的功效，故意使用了紅色這種一般水手服不會使用的顏色。也因為這樣，像在玩角色扮演的感覺也相當強烈。一名大姊姊聽從少年的話，穿上讓人害臊丟臉的服

裝……嗚嗚……總覺得這是不是比全裸還要有爆發性啊……！

「呃不，這不是因為我的癖好還是什麼的……！」

可是我又不能跟茉斬說明『那是我自己要穿的衣服呦』這種話。該怎麼辦啦……！

「如果只是坐到旁邊而已，我是不介意喔？反正我現在心情不錯。」

喂喂喂！不要靠近我！在這種飯店房間內的情境中！

「為什麼啦？」

即使內心極度慌張，我還是盡可能故作冷靜地如此回問。

畢竟如果茉斬跟茶常老師一樣有喜歡捉弄年輕男孩子的屬性，我要是表現得害臊反而會讓她變得更加興奮。這樣我會非常困擾啊……！

「我小時候上學只有上到中學一年級，而且那間中學的制服是背心裙。所以我從以前就想穿穿看所謂的水手服呀。」

聽到她這句發言，讓我又抓到了剛才發明的新招式『讓大腦把注意力放到爆發以外的工作上』的契機。很好，沒問題。這次不是發飆——而是狂喜吧，金次！

「好耶！呀喝∼！」

「你、你忽然怎麼了呀？」

開心吧，金次，這裡也有一名低學歷夥伴呢。而且茉斬是中學輟學，我至少還有中學畢業。

我打從出生以來，第一次在學歷上贏過別人了！呀喝～！呀喝～！

雖然到可以正常對話之前花了一點時間，不過我在大概是為了消除睡意而吃起草莓的茉斬面前……

「有件事情我先跟妳講，我讓一名參加這次行動也沒問題的人物加入我們了。就是我弟弟，上次在明治神宮只有隱身一半的那傢伙。他來自美國，至少可以幫忙帶路，而且戰鬥能力跟我是旗鼓相當。」

首先將我把GⅢ扯進來的事情——一方面帶著『這下我們是二對一了，所以妳可別輕舉妄動』的意思，如此告知茉斬。

然而茉斬對於這點似乎沒什麼感覺的樣子……

「然後呢？關於金叉你有調查到什麼嗎？」

她只是如此回應我。而且大概是光著腳在冷氣房中會冷的關係，還一邊坐在沙發上穿起靴子。

「雖然還不清楚老爸現在在什麼地方，不過那張照片的拍攝時間和地點已經知道了。是二〇〇八年二月在洛杉磯拍的。我打算近期內到美國去，從洛杉磯開始調查看看。妳那邊呢？有什麼進展嗎？」

「我讓大腦升到六樓，決定出了找人的方法。雖然可能會很花時間，但這方法絕對可以找到人。我近日內也會到美國——的紐約去。」

也就是說……至少我們都各自已經決定好接下來的行動了。可是……

「關於老爸的線索只有那張洛杉磯的照片，為什麼妳要到紐約去？」

「我不能告訴你。而且就算說線索，那也已經是兩年前的東西了。」

「就算那樣也是目前最近期的情報吧。話說，妳那絕對可以找到人的方法……是要怎麼找啦？」

「我不能講。只能告訴你那是頗被動的方法。」

「什麼跟什麼啦……」

「你們進行主動搜索，我進行被動搜索，分頭行動吧。講句老實話，要是有像你們那樣不完全的孩子們一起行動，只會讓我覺得礙事。我們就盡量頻繁交換情報，誰先找到人就聯絡對方，等大家都聚集到金叉的地方再同時跟他見面。這樣如何？」

茉斬會提議分頭行動還在我的預料範圍內，這點我就接受吧。

如果想要監視茉斬，其實利用戒指的事情威脅她一起行動或許比較好。但是這傢伙偏好於單獨行動，硬是把她拉進來反而會使小隊整體的綜合能力變得較差。

考慮到這點，我們還是不要和茉斬一起行動會較佳。而且雖然我還不清楚詳細內容，不過她預定的搜查方法似乎跟我們是完全相反啊。

所以戒指的事情就現在拿來警告茉斬不要失控好了。

「在這點上我了解了。不過我上次也有說過，就算妳先找到老爸也別隨便出手喔。妳不要忘了，這世界上只有我一個人知道那枚戒指藏在哪裡。」

「你認為我會擅自把金叉殺掉？」

「沒錯。」

「你明明是他兒子，卻一點都不了解他呢。」

我不了解他……？

「──你的父親是個鬼呀。他很強。如果金叉已經克服了他的宿疾，就算我出手攻擊也只會自討苦吃。而既然那樣的可能性很高，基於戰術上的理由我也沒辦法對他隨便出手。所以我剛剛才會說，要等**你、GⅢ跟我都集合之後再跟他見面**。就算那樣，應該也只是勉強能跟金叉平分秋色而已。」

「……妳的意思是說……老爸跟我們，會有爆發戰鬥的可能性嗎？」

「應該有十足的可能吧。畢竟我們──是打算阻止他暗殺尼莫提督呀。」

──這麼說、也沒錯。

就算我們開口拜託，那個有如責任感化身的老爸……會中斷自己的任務嗎？過去曾經殺過他的茉斬自是不用說了，雖然身為兒子但從沒見過面的GⅢ拜託他那種事情，老爸想必也不會輕易接受。

比較有可能制止老爸的，恐怕只有身為親生兒子的我。

然而那也頂多只是有可能性而已，要是我無法制止的時候──最壞的情況下，老爸搞不好即使面對我也會靠武力表示拒絕。我雖然不清楚現在的老爸是不是遵循聯邦法律在行動，不過老爸最討厭的就是違法行為。而放過恐怖組織的重要人物，毫無疑問就是違法的事情啊。

剛才茉斬也說過，老爸是被人稱呼為魔鬼檢察官的男人。我雖然跟閻還有津羽鬼等等真正的鬼交手過，然而被形容的存在反而比拿來形容的東西更強的例子也不在少數啊。

經過徹底鍛鍊的野獸般肉體，配上爆發模式帶來的天才頭腦，又能夠完美使用遠山家代代傳承下來的攻防百招的老爸——百分之百比緋鬼還要強。那麼確實就像茉斬所說，需要我、GⅢ跟茉斬三人合作才總算有贏過老爸的可能……而且還只是可能性而已。

「實際上能不能贏很難講啊。明明這只是父子見面的說。」

就在我不禁如此嘆息的時候——

……叮咚……

茉斬房間的門鈴忽然響了。現在都已經晚上十點了啊。

我皺起眉頭看向茉斬，結果她默默搖頭回應。代表這並不是預定的來客。茉斬接著又用視線向我表示『你去接應』。

而我也姑且明白她要我去應門的理由……於是我解除手槍的安全裝置，放輕腳步走向房門。

從貓眼看出去，在走廊上站著一名制服像飯店行李員、裙襬約到膝蓋的赤坂王子飯店女性員工。

「是誰？」

我隔著房門對外面如此問道。

茉斬只有一名女性住在這間房間，但如果從房間中，而且是在深夜，傳出男人的聲音……對方應該也會客氣點，不會做多餘的干涉吧。

然而那位身材嬌小的飯店員工卻……

「不好意思這麼晚還來打擾。我們這裡有一件東西要轉交給伊藤小姐。對方希望能夠盡快轉交——是來自遠山金叉先生的東西。」

……！

老爸……？

這到底是怎麼回事？難道他已經察覺到我們的行動，而主動嘗試跟我們接觸嗎？

就在我二話不說把門打開的瞬間——這才發現自己中計了。是梔子花的香氣。

緊接著「砰！」的一聲，站在貓眼死角的亞莉亞用雙手朝我用力一推。亞莉亞如果拿出真的實力推掌，力道甚至會相當於開車衝撞，讓我當場摔進房間內——

然後那位身穿員工制服的女性便腳步輕盈地入侵到房內。這人身上帶有香草般的氣味，因此在她「劈里劈里」地剝下臉上的矽膠面具，「啪唰！」一聲脫掉飯店行李員的制服變回水手服打扮之前——我就知道她是理子了。而她剛才之所以會利用老爸的名字，應該是竊聽了我們的對話吧。這個該死的怪盜少女。

「……」

坐在沙發上的茉斬側頭部，忽然出現雷射瞄準器的紅點。

——是蕾姬。她不知道在哪一棟大樓上，隔著這房間的玻璃窗瞄準了茉斬。

「梅露跟我炫耀說你委託她推理的工作，而且連報酬是耍詐的事情都找我抗議。所以我注意到你好像偷偷摸摸在做什麼事，覺得在意就跟蹤過來一看——你似乎正在做一件很不得了的事情呢，金次。」

亞莉亞張開雙腳對倒在地上的我睥睨了一下後，又瞪向她之前在羅馬的廣場大酒店見過面的茉斬。看來她是認定我在和N私通——雖然包含尼莫的事情在內，這點在某些部分來講也算事實就是了——而怒不可遏的樣子。

該死！那個把對於亞莉亞的精神攻擊當成人生樂趣的梅露愛特，為了炫耀我不是去拜託亞莉亞而是去拜託她，就把那件事講出去了是吧？結果現在害得我超麻煩的啊。俗話說要友於兄弟。妳們姊妹倆就不能友善相處嗎？

「哦哦～！你還讓N的大姊姊穿角色扮演服～！好色呦～！」

理子興奮得拍手鼓掌，在茉斬周圍跑來跑去。

喂！不要給亞莉亞火上添油啊！

「你是因為大姊姊的美人計而叛變了嗎……？這個笨蛋金次！N可是世界的敵人呀！」

亞莉亞表現出對恐怖分子毫不客氣的態度，掀起左右兩邊的裙襬——

喀鏘喀鏘！拔出了漆黑與白銀的兩把Government，瞄準茉斬與背對窗戶站起身子的我。

就在這時……房間內出現了彷彿會讓室內空間都扭曲似的殺氣。是坐在沙發上翹著大腿的茉斬放出來的。我趕緊看向她，發現她已經變成了複層腦六檔時的眼神。這下她何時從手上射出空氣子彈——不可知子彈都不奇怪了。

「——茉斬不要出手！亞莉亞也別這樣！這件事情是基於某種私人因素！我和茉斬唯有現在暫時不分敵我啊……！」

「少說廢話！伊藤茉斬，我要根據違反組織犯罪懲處法的嫌疑逮捕妳！」

亞莉亞她——沒有住手。她肯定不會住手吧，我也能明白她的心情。

畢竟茉斬是N的成員，而N就是殺害亞莉亞尊敬的曾祖父——夏洛克的仇人。

但是現在，唯有現在，我無法顧慮她那樣的心情。

「亞莉亞妳聽我說！這件事情要是放著不管——尼莫會有危險啊！我必須阻止才行……！」

因為現場還有理子的緣故，我沒辦法隨便講出關於對卒以及老爸的事情，結果讓說明內容也變得欠缺了說服力。

「——為什麼你要幫助尼莫！」

「尼莫不是壞人啊！為了跟N戰鬥，我們也有需要更加理解那個女孩……」

就在我和亞莉亞如此爭執的時候……

——無聲無息地……

原本坐在沙發上的茉斬忽然來到我面前。

對於她這個移動，無論是我、亞莉亞還是理子都沒能做出反應。

這並不是什麼超高速的瞬間移動，而是像魔術師或舞臺演員一樣，趁著別人移開注意力的一瞬間『無聲無息移動』的技巧。我雖然沒能學會，不過遠山家也有傳承類似的招式，利用在偷走物品或隱藏身影的時候。

「…………」

連蕾姬的雷射光點都一瞬間從茉斬身上離開，然後現在背對著窗戶的我看不到那個紅色光點。換句話說，她現在是瞄準我背部的某個地方。我被茉斬當成肉盾了。不過蕾姬是個要下手時就毫不手軟的女人，如果有必要，她甚至會使用穿甲彈貫穿我的身體射擊茉斬。

就在我們為了掌握狀況而又一瞬間把注意力從茉斬身上移開的時候——

出人預料地，她居然閉上睫毛細長的雙眼，把嘴唇、貼到了、我的嘴巴上。

（……嗚……！）

「嗚齁～！」

對於這樣突如其來的接吻——不知道為什麼看到別人親嘴會興奮的理子振臂發出嬌聲。亞莉亞則是變得滿臉通紅，全身僵直。就連蕾姬也似乎感到動搖，雷射光點一瞬間飄移到房間地板上……不過很快又回到我背部了。

原來茉斬知道爆發模式的事情。但其實這點並不奇怪，畢竟她可是和老爸交手過的女人。

與明白了這點的我鬆開嘴脣，面無表情之中帶有高貴美感的茉斬——接著抓起我的左手，踏出社交舞的一種舞步——狐步。彷彿體重消失般，美麗的雙腿曲線舞出輕盈的步伐。深紅色的迷你裙有如追隨著她白皙的大腿般，飄飄搖曳。

在只有橘黃色的落地燈光照耀的昏暗房間中，進入爆發模式的我將右手扶到茉斬背上。接著讓雙手沿著水手服上衣往下移動，到她衣襬下露出的纖細蠻腰上，將表情絲毫不變的茉斬——在我的懷中輕快一轉。

散開一頭長髮、將背部靠到我身上的茉斬，是一位比我年長的女性。因此我配合她表現得較成熟些，讓左手從她雪白的頸部滑向臉頰。

就這樣……我與被我從背後抱住的茉斬一起用挑釁的眼神盯向亞莉亞。

位置上感覺就像我從蕾姬的槍口前保護著茉斬，而茉斬也從亞莉亞的槍口前保護著我。

「唔唔唔嗚嗚嗚嗚開洞啦啊啊啊！」

在還是個小孩子的亞莉亞開槍之前，閉起眼睛的茉斬就在我懷中嬌媚地倒下。

而我也放低姿勢，扶住茉斬背部的同時——磅磅磅磅！伴隨 Government 有如打雷般的轟響，我們兩人背後的落地窗當場碎裂，像瀑布一樣從天花板開始落向地板。

「自從在伊・U那次以來，好久沒有和原本的亞莉亞交手了呢。當時我們是打成平手——事隔一年，就讓我們接續上次的戰鬥吧。」

我對亞莉亞得意地拋了個媚眼後，茉斬從傾斜的姿勢抬起大腿，輕柔誘導我的腰部。她長長的秀髮順勢在地毯上描繪出優雅的曲線，微微張開的眼睛瞥眼盯著亞莉亞的手槍。任由我抱著身子，彷彿不帶力氣般甩出的手指——是不可知子彈——！

——啪——！

在空氣劃破空氣的聲響發出之前，亞莉亞便閃開了身體。這女孩真的很有一手啊，居然才第一次就看穿了茉斬的彈指。我當時可是被射了好幾發之後才總算發現地說。

茉斬無影無形的子彈與亞莉亞縮回的白銀色Government擦邊而過——「哐啷！」一聲擊碎裝飾在矮櫃上的玻璃花瓶，讓碎片連同花朵一起飛散。在飛舞於空中的大量破片映出的景象中——我看到了建於溜池山王車站旁的大樓——山王公園塔頂樓的一角發出極小的閃光。是蕾姬開槍了。距離有七百三十公尺，子彈飛來約要一秒。

真是受不了。前門有亞莉亞，後門有蕾姬，側門還有理子呢。就在我不禁嘆息的同時，在窗邊的茉斬抬起她纖細白皙的腳，拉了一下我的身體。

我們就這樣倒向**窗外**。原來如此，既然前後側面都無路可逃，那就往下是吧。

我和茉斬就這麼落向赤坂室外悶熱的空中。

在我們的正上方——蕾姬那發如火球般熾熱火紅並放出衝擊波的7.62×54mm R子彈飛了過去。同時與子彈擦身而過地……

「金次次次次次別想逃逃逃逃！」

「嘻嘻嘻！我要看熱鬧～！」

張開雙馬尾翅膀的亞莉亞以及擺出裝可愛姿勢的理子也跳出了窗外。絲毫沒有猶豫，就從十樓高的窗戶跳向空中。這就是巴斯克維爾小隊啊。這次沒有白雪的機關槍，所以跟平常比起來還算比較安分呢。真讓人想哭。

（話說亞莉亞剛才那叫聲，根本是把對我的制裁優先於對茉斬的逮捕了吧？）

在露出苦笑往下掉落的我視野角落，山王公園塔的頂樓又再度──發出狙擊的閃光。第二發子彈精準飛向比我慢一拍掉落下來的茉斬頭部。是估算好掉落角度的延腦擦邊彈。

茉斬對於這個狀況依然面不改色，「唰！」一聲揮爪偏開了超音速的狙擊彈。那招式雖然有點類似我的徒手偏彈或螺旋，但她居然只靠手指的力量就辦到了。能夠射出不可知子彈的神之手指，原來連這種事情也辦得到啊。

因為氣囊彈已經庫存不多，於是我將從下方吹向我身體的空氣當成溜滑梯稍微往旁邊滑，然後靠橘花用手抓住一根街燈的橫桿。像單槓運動的大翻轉一樣全身旋轉，在身體剛好呈現倒立狀態的瞬間彎起雙腳──與裙襬隨風擺盪落下的茉斬腳掌相合，同樣靠腳部的橘花幫她減緩掉落速度。

茉斬即使把我的腳當成減速臺，也沒能把掉落超過四十公尺造成的速度完全抵消──於是她抱起雙腿朝斜下方翻滾飛落，再「砰」一聲對行道樹踢了一腳後……踏踏踏……順勢朝赤坂王子飯店的庭園暗處衝了過去。就在這同時，有如獵人般的蕾姬又射出第三發子彈。

茉斬一邊奔跑，一邊又再度靠手指偏移子彈——不對，她用食指的指甲前端接下子彈了。

她沒有試圖減緩子彈的動能，而是順著那力道讓自己身體像陀螺般旋轉。接著有如芭蕾舞者在半空中擺出舞姿似地跳起來——「啪！」一聲讓子彈轉換方向又射出去，而且瞄準的目標居然是還在上空的亞莉亞。

靠雙馬尾滑翔翼沿著螺旋狀軌跡降落下來的亞莉亞，千鈞一髮之際躲開了飛向她眉間的子彈。但也因為她甩動脖子的緣故擾亂了對頭髮的控制，為了防止墜落只能選擇往旁邊滑翔了。

趁著亞莉亞稍微遠離我們的這個機會，我從街燈橫桿越過眼前的隔音牆，跳向首都高四號線。就在準備落到車道時，一臺時速一百公里以上——明顯超速——的TOYOTA SOARER 2.0 GT Twin Turbo衝了過來。我為了不要傷到那臺稀有的絕版車而把手輕輕放到上面再度跳躍，並順便跟它分了一點速度過來。靠SOARER跳臺跳向四谷方向車道的我，以單腳跪下的姿勢落到一臺剛好經過首都高的超花俏十噸卡車——也就是所謂「暴走卡車」的貨箱上。

在赤坂見附上空，展開制服滑翔傘的理子朝日比谷方向飛去，應該是為了追蹤在國道二四六號上與我反方向逃走的茉斬吧。讓那樣閃亮亮的金色內衣褲都露出來了，真虧她還幹得下去呢。

另一方面，大概是緋彈狀況絕佳的關係，全身微微散發出緋紅色光芒的亞莉亞——靠雙馬尾翅膀滑翔，追向高速公路上這臺暴走卡車。而且她還把手上的雙槍舉向這邊——磅磅磅！磅磅磅磅！發動空襲啦！為了不要讓暴走卡車被打出彈痕結果司機事後向我要求賠償，我只好也拔出貝瑞塔對空開槍，使出彈子戲法了。

鏘鏘鏘！鏘鏘鏘！子彈互相衝撞的火花就像煙火一樣在空中綻放——剛才在國道四〇五號線正上方與之平行的首都高四號到了這邊就與國道左右分岔，變成一段下坡道。壓制上空飛行的戰鬥機亞莉亞也跟著降低高度並加速。

高速道路繼續下坡，暴走卡車準備進入一段通過赤坂迎賓館下方的隧道。差一點撞上隧道入口的亞莉亞這時追上了卡車，最後讓雙馬尾像可變形翼一樣收到自己背後，在卡車貨箱上衝到我面前來了。她的機動能力簡直是金氏世界紀錄等級呢。除了在水中以外。

進入隧道的暴走卡車貨箱邊緣裝飾的ＬＥＤ燈光讓我們腳下被照得五顏六色。

砰！砰砰！槍口焰有如短劍般在我和亞莉亞之間交錯，配合隔著上空的鐵網偶爾會看到的星空綻放出流星雨般的光芒。我與亞莉亞久違的手槍格鬥（亞魯・卡達），我雖然想稍微再享受一下——但狀況似乎無法如我所願。

亞莉亞的右眼開始發出紅光，是雷射在裝彈了。

「只是與一名人類交手，用那招會不會有點不公平啊？」

雷射在發射之前會有一段集中注意力的空檔，於是我為了在應付雷射之前能先喘一口氣而往後跳開——但亞莉亞卻毫不休息就逼近過來，把Government的槍口「啪」一聲抵在我的下巴底下。仔細一看，她眼睛的光芒已經消失。原來那雷射是為了讓我出現破綻，只是假裝要發射而已。這麼說來以前猴在香港也說過有這樣的應用方式啊。

「呃~武偵法第九條，武偵不論在任何情況下，都不得在武偵活動中殺害任何人喔……」

對於手握著貝瑞塔，在暴走卡車上舉起雙手的我——

「我聽卡羯說過，你就算在這樣的狀況下被開槍也不會死對吧？」

亞莉亞大人說出這樣一句冷酷無情的發言。

「可是妳想想，那種閃避招式也不一定每次都能成功嘛。」

我雖然如此露出苦笑，但亞莉亞卻讓她的美少女臉蛋憤怒起來，散發出盤問我的氛圍。

「——你剛才說過的『私人因素』是什麼？你被茉斬那個美女做了什麼事？」

「茉斬確實是個美女，但是亞莉亞，聰明如妳似乎也有不知道的事情——那就是妳自己比任何人都要美麗啊。這件事妳最好要記起來喔。」

「啥啊啊啊？蝦斯喔啦托#噗$嗚嘛&嗚嘛%！」

被爆發金次調侃的亞莉亞當場慌張失措，讓抵在我下巴的槍口都震動起來……真教人背脊發涼呢。雖然夏天覺得涼也不錯啦。

「既然現在只有我們兩個人，我就可以跟妳講了。之前我也跟妳說過，我的腦患有

一種叫『對卒』的疾病。要是放著不管，隨時可能會死。然後有某個人物知道解決這個問題的方法，而茉斬帶著關於那個人物的情報來找我了。」

「那個人物是誰？」

「——就是我老爸。我本來以為他已經死了，但其實好像還活在美國的樣子。他現在和美國政府似乎有什麼關係，然後正打算要暗殺尼莫。茉斬因為是尼莫的部下所以想阻止這件事，跟想要找到老爸問出對卒克服法的我剛好利害一致。雖然也僅限目前就是了。」

聽到我這麼說……很重視家族羈絆的亞莉亞就……

「……」

雖然嘴角依然下垂，不過把槍從我下巴移開了。

在疾馳的卡車上把貝瑞塔收回腋下槍套的我接著……

「關於這件事，妳能不能放過我一馬？」

如此拜託後——亞莉亞依然手持雙槍，交抱到胸前……

「在我媽媽的事情上，你幫過我的忙。」

即便眼睛依舊瞪著我，但是嘴上這麼說道。

「所以說，嗯，我接受吧。雖然你何止是和N私通，居然甚至打算幫助茉斬跟尼莫……這根本就是極度的背叛行為了。不過在這次關於你爸爸的事情上，我不會出手妨礙。但是，我能提供的協助頂多只到『不出手妨礙』而已喔。我不會幫你的忙，或者說我沒辦法幫你的忙。畢竟N的事情會關係到女王陛下給我的敕命。」

「——那樣已經足夠了。感謝妳。」

「另外金次，因為你對尼莫好像莫名感到同情的樣子，所以我先跟你講清楚。你要小心那個女孩。根據我的直覺，尼莫就算不是壞人，也不是可以輕易協助的人物。在這世上，也有所謂**不可以協助的善意**呀。」

載著我們的卡車穿過赤坂迎賓館下面的隧道——出了朝明治神宮外苑方向的出口。只要沒有別人在看，其實就還算坦率的亞莉亞「唰」一聲掀起側面裙襬，旋轉雙槍收回左右兩邊的大腿槍套中。

「善意——不是指讓文明倒退的事情，而是指那傢伙想要讓超能力者來到一般社會上的事情嗎？」

「我覺得並沒有那麼單純。尼莫和莫里亞蒂想要做的事情，肯定是更加不可收拾的……與文明倒退一起會讓整個世界劇變的事情。」

對於她這樣曖昧不明的警告，我不禁皺起眉頭……

但同時也明白，我必須把她這段話牢牢記在心中才行。

因為她最後說出了——

「哎呀，雖然這些都只是我的直覺而已啦。」

這樣一句不需要任何證據或推理就能證明她的話是真實的發言。

4彈　原來妳還記得我

根據GⅢ派在駐日美軍中潛伏的間諜——凱薩琳補給官的飛鴿傳書說，CIA的文官——關步被送往大久保醫院後，在美國大使館的指示下被移轉到美國海軍醫院了。他目前似乎依然不省人事的樣子，因此應該不用再考慮從他那邊查出關於老爸的事情了。畢竟他可是即便承受諾取的劇痛，甚至差點被殺死都沒有透露任何情報的男人。

因為對老爸的搜索行動在某部分來講是有利於N的行為，所以GⅢ也沒有再進一步藉助於凱薩琳或其他部下們，而只靠自己的力量進行著事前調查的樣子。

「雖然這種事情不是我的專門領域啦……不過我利用茉斬那張照片以及老哥拍的遺照試著分析出老爹的臉部特徵點，然後在網路上搜尋特徵一致的圖像，可是完全找不到。如果去拜託馬許或許稍微可以找到些什麼，但我盡可能不想把部下們扯進來啊……」

「我想你就算去拜託他應該也沒用吧。不可能在網路上找到老爸的。」

平日下午——我與GⅢ坐在DECKS台場海岸購物中心的樓梯上交談著。即使是電梯和手扶梯設備完善的百貨公司，基於消防法的規定還是會設有樓梯。而這樣的樓梯通常不會有人利用，因此在祕密會面時相當方便。或者說要是有別人在看，我根本會丟臉得想逃啊。因為GⅢ穿的是一套有如來自宇宙的英雄般，充滿金屬風格的電波系西裝。

「意思是說美國把拍到老爹的圖像和影片全都消除掉了？哎呀，確實是有那樣的國家保密系統沒錯啦。靠ＡＩ搜尋讓人知道存在會很麻煩的人物或是想要隱藏的特務，然後消除掉的玩意。」

「那或許也是原因之一，但不只是那樣。老爸從以前就為了不要被拍到照片，閃避鏡頭得非常徹底。這在專業人士中並不是什麼稀奇的事情。以前我在極東戰役中交手過的一個叫莎拉・漢的女人也有同樣的習慣。」

「……可是在當今這種到處都是鏡頭的世界中，要辦到那種事情不可能吧？」

「對老爸來說沒有什麼不可能。他甚至辦到過更加不可能的事情，你想聽嗎？」

「不，夠了，我知道了。」

GⅢ揮揮一隻手，並喝了一口剛才從自動販賣機買來的罐裝咖啡後……

「但如果是那樣，這張照片反而讓人感到弔詭啦。」

他說著，用指頭彈了一下茉斬給我那張洛杉磯的照片。

「絕不會留下痕跡的專業人士，會被人拍到這種何止是身影，連臉部都被拍到的照片嗎？照你這樣說，我們搞不好也必須考慮到這是什麼陷阱的可能性啦。」

GⅢ露出感到奇怪的表情，重新觀察起照片。不過——

不知道為什麼，我反而對於這張照片的存在一點都不覺得奇怪。理由連我自己都搞不清楚……雖然搞不清楚，但是心中卻能接受。因為在我看到老爸這張照片感到驚訝的同時，也感受到某種安心感的關係。

「……不管怎麼說，就算我們想調查，人力上也絕對不夠啊。」

光靠自己一個人的力量沒能得到收穫的GⅢ動作誇張地搖搖頭，如此抱怨。

在那樣廣大的美國中——要找出一個能夠輕易讓身影消失的特務，而且只靠我、GⅢ跟茉斬三個人。這感覺確實是個不可能的任務。

但是在這次的事情上，想當然我不能拜託巴斯克維爾小隊。雖然要瞞著茉斬的弟弟可鵡韋可能有點狠心，不過我也不能拜託前公安零課。假設把老爸的照片拿給獅堂看，獅堂也沒有權限對我說明關於老爸的事情。而且要是讓他們知道我們想要制止老爸暗殺尼莫——也就是做出對N有利的行動，他們出手妨礙的可能性也會很高。

茉斬同樣無法拜託N。阻止老爸暗殺尼莫或許對N來說是可以提供協助的行為，但那樣N應該會試圖殺掉老爸。這樣一來就會與我對茉斬說「不准對老爸出手」的命令背道而馳。既然現在已經讓尼莫躲到安全的場所，老爸的事情對N來說就不是什麼緊急的危機了。利用這段緩衝時間，在不殺老爸的前提下單獨阻止老爸暗殺尼莫——這應該就是茉斬現在的目的才對。再說，茉斬因為戒指被我搶走的緣故，在N裡面本來似乎就已經失去指揮部下的力量了。更何況她原本就是個獨來獨往的女人啊。

「既然這次的對手是美國和老爸，幫手是能多一個算一個。要不要雇用哪個武偵……？」

「我在日本沒有人脈，能拜託老哥嗎？」

「嗯～……」

「要找女人喔。」

「為什麼啦？我才不要找女人。在美國的餐食我來煮就好了。」

「不是那個問題啦。咱們要和茉斬分頭行動對吧？我這樣講不是什麼女性歧視，但有些事情就是只有女人能做，有些場所也只有女人可以進去啊。老哥你不是女性人脈超廣的？」

「這點講起來很麻煩我就不否定了，可是我的女性人脈……人數姑且不說，但素質上……而且這次的條件太多了。首先必須是和N完全沒有任何關係的傢伙對吧？然後最好是美國政府方面完全沒有在注意的人物，所以從沒有入境過美國也是條件之一。另外，即使是可能對恐怖分子有利的工作也照接不誤，而且在多糟糕的狀況下也應該不會死的傢伙。這麼多條件下，會不會講英文已經不能強求啦。哦哦對了，還有一個更重要的是，傭金必須便宜才行。」

「你還在缺錢啊？老哥你該不會是因為凡事金錢擺第二、才被取名叫『金次』的吧？」

「那種事情怎麼可能在出生前就知道啦！要不然你出錢啊。」

「這次我也必須在低預算的狀況下行動啦。畢竟關於錢的事情我都交給安格斯跟柯林斯在管，要是隨便從戶頭調大錢出來，搞不好會被他們發現。到時候我那群部下都會跟來啦。」

比起自身更擔心部下安危的GⅢ嘟著嘴巴如此說道。

畢竟GⅢ的部下全部都非常喜歡他嘛。該死，沒想到那群傢伙的忠誠心反而在這種時候變得礙手礙腳了。

「那些傢伙的直覺好得很恐怖，甚至有人似乎已經在起疑了。所以我到時候必須用一副『我去便利商店一趟』的態度出門，然後就直接到洛杉磯去才行。而且也沒辦法使用我自己的飛機，所以能出的錢頂多就是老哥和我，還有老哥找來的人的機票費，在當地的住宿、交通費以及一點雜費而已。這點程度靠我現在口袋裡的錢還多少可以付得出來。另外就是把這東西賣掉，應該可以換到一千美元左右吧……」

GⅢ說著，從他金屬風格的褲子口袋中——掏出一顆裝有金色彈頭的子彈。

「鍍金彈嗎……顏色有點不一樣。武偵彈嗎？」

「是純金子彈。英雄協會送的三十週年紀念品。這玩意我是帶出來了。」

「居然可以拿到那種東西！我也可以加入會員嗎？」

「條件上應該是完全OK喔？不過年費遠比這顆子彈還貴就是了。」

「那就算了。那顆子彈等到真的不行的時候再賣吧。畢竟在美國似乎也是凡事靠錢的樣子。總之我先找找看靠我的錢也能雇用的傢伙吧。」

就這樣，雖然變成要由我負責雇用幫手了，不過……

只靠少量的金額是雇用不到優秀人才的。因為人通常只會做金額分量的工作。

（即使是超廉價的傭金應該也願意工作的女人……麗莎嗎……？可是麗莎如果不變身成熱沃當之貓還是什麼的，就沒有戰鬥能力啊……）

我交抱雙手，在腦中搜尋可能符合剛才那些嚴苛條件的人物。

可是我完全想不到。

說到底，這種事情誰也不會想幫忙吧。有沒有人願意接受商量都不知道。

即便如此，我還是盯著手機的電話簿，靠消去法一個一個尋找我的女性人脈——

「嗚、嗚嗚……」

有是有啦，一個人。刪到最後就只剩下這傢伙了嗎？我的人脈果然是人數姑且不說，但素質上很有問題啊……

新橫濱車站靠近新幹線月臺的北出口雖然很繁華，不過靠近一般鐵路月臺的篠原出口一帶倒是很冷清。

當天傍晚——

我來到了那樣的新橫濱車站，也就是距離我想找的某位女性住的老家最近的車站。其實如果搭新幹線很快就能到了，不過我為了節省開銷，搭的是一般電車。雖然因此又多了一筆電車費的開銷，但畢竟這次的事情不能靠電話講……因此我打算直接去找對方委託工作。

可是老實講，我還不知道對方願不願意被雇用。抵達新橫濱車站後我又仔細想了一下，這次的事情對於對方來說果然還是一點好處都沒有。應該會被拒絕吧。但是就條件來講我能拜託的就只有那位女性，而且都已經到這裡來了，於是……

我走在四周連個像樣的店家都看不到，只有車道和老舊住宅的站前道路。從車站只要稍微走一段路，就能在一塊沒什麼車子的停車場對面──看到一片面積還算大的竹林。那裡就是對方透過郵件指定的會面場所。

話說……新橫濱這一帶看起來房租也不貴，感覺是一塊不錯的土地呢。只要搭新幹線十一分鐘就能到品川。到學園島所需的時間應該跟巢鴨差不了多少吧？

我想著這種事情的同時，繞過眼前的停車場，爬上連個階梯都沒有的一小段斜坡……進入竹林中。

再稍微進去一點後，周圍就只剩下「沙沙沙」地發出清爽聲音的竹子了。

「……」

我不禁回想起在無人島搭的那間竹子屋，讓各種恐怖回憶也跟著湧上腦海……不過我其實很喜歡竹子的氣味。

黃昏的氣溫也變得較涼，腳底下踏的又是鬆軟的泥土。光是站在這裡都讓人覺得舒服呢。

……話說……

我感覺得到有人的氣息喔？而且相當明顯。在不到十公尺、開槍就能擊中我的距離，換句話說就是我也能開槍擊中對方的距離。

這是叫我開槍的意思嗎？對方想要用這種方式問好？

於是我……從本來就把手插在裡面的褲子口袋中靠觸覺挑選出一顆非殺傷性子彈，從拋彈殼孔裝入靠八岐大蛇拔出的貝瑞塔中，同時開槍。用像是強襲科奇襲射擊訓練一樣的感覺，瞄準對方的腰部，擦碰到防彈裙子讓對方跌倒的角度。

——啪嚓——

哦？真是意外。

我擊中的物體，竟是綑成一束的枯竹。明明我擊中的應該是一個人地說。

在忍不住稍微睜大眼睛的我右側……「沙沙沙」地吹起一片黃花飛舞。隨著旋風呈現像紅酒開瓶器的形狀，約有一個人的大小。從遮掩我視線的花瓣中，接著出現手上戴著塗有黑漆的護手，雙手結印，穿防彈水手服挺直身體的……

「在下奉命前來是也！今日的葉隱之術使用的是向日葵的花瓣，畢竟現在是夏天是也。」

風魔陽菜。十六歲。從武偵高中附屬中學時代就是我的學妹。從剛才這段講話方式以及現身方式就能知道，她是忍者的後代，同時也是個有點蠢的女孩子。

不過其實只要仔細觀察就能發現她是個美少女，而且像現在裙襬都被旋風整個颳起來也完全不在意等等，在爆發方面也不是完全沒有風險。另外不知道是為了養生健康法還是什麼的，她似乎通常不會穿胸罩的樣子。

即便如此，風魔以女孩子來說還是屬於比較安全的類型。因為她有一項相當大的優點，而這點正是她以前在武偵高中糾纏不休地向我提出申請時，我最後在不得已之下願意收她為戰妹的決定性關鍵。

——那優點就是風魔有個非常良好的習慣，在裙子底下穿的不是內褲，而是緊身短褲。

雖然不到間宮或乾那種『免爆發女子』的程度，但也可以說是爆發風險減半型女子。

「暑假還來打擾妳真是抱歉了。那個是什麼？我完全被騙啦。」

我收起手槍，用拇指指向剛才被非殺傷性子彈擊中的竹子束並如此問道後……

「那叫替身，是誘使對手攻擊假目標之術是也。」

將施展葉隱之術時使用的裝花瓣塑膠袋以及塑膠管從地面下挖出來整理收拾的風魔——跟以前完全沒變，或者說，她整體上與中學時代都沒什麼太大的差異。感覺完全不會有像少女漫畫裡那種『久違的對象變得比較成熟而讓人怦然心動』之類的情節展開，對我來說真是一件好事。

「關於我在郵件裡稍微提到的那個工作，在這裡可以講嗎？」

「可。這片竹林不會有外人進來，因此在這裡講其實比較好是也。」

面對跪下身子又讓緊身短褲完全露出來的風魔……我抱著碰碰運氣的心情……

「目標對象的詳細情報要等妳願意接下這份工作之後我再跟妳說。我這次想委託妳的，是幫忙尋找某個人物的工作。地點在美國，沒有事前準備的期間，也不保證生命安危。在這件事情上，我已經被巴斯克維爾小隊拒絕，也幾乎沒有其他可以依靠的夥伴，只有一堆敵人。政府官方也是敵人。自己人只有我弟弟，以及一名國際恐怖分子。從這點應該就能聽出來，這次工作會包含違法的內容。」

像這樣，用「妳想拒絕就拒絕吧」的態度對風魔說明。

結果……

「了解。在下這就馬上準備出發。」

風魔竟二話不說就答應了。一秒鐘都沒有猶豫。

——真的假的啊。

對於這樣的狀況，連我都忍不住「呃……喂，我剛才講的話妳有在聽嗎……？雖然委託人說這種話也很奇怪，但這次的工作可是非常黑的喔……？」地慌張失措起來了。

然而風魔依然跪著身子，用凜然的眼神對我露出微笑。

「黑暗的工作才正是忍者發揮看家本領之處。以前公職時代在下也說過了，忍者本來應是法外之徒，因此這樣的工作反而可說是在下的專業領域是也。」

「妳不需要因為有戰兄妹的契約就勉強自己喔？那種東西跟著我的退學也已經解除了……」

「非也。師徒關係就如血肉關係。師父這輩子永遠都是在下的師父。」

我──一直以為像這種得不到好處的工作，根本不會有人願意站到我這邊。然而在這世界上，也是有不計較得失利弊而願意出手幫忙的傢伙。總是倚賴那樣的人當然不是什麼好事情，但是遇到像現在這樣孤立無援的時候──這樣的存在真的教人感激。

──妳就借我一臂之力吧，風魔。雖然妳應該只會接受傭金，不過這份恩情我總有一天絕對會加倍還給妳的。

「另外，師父說這次的地點是在美國。在下可是通過了英檢四級是也！」

……四、四級……那只有中學二年級左右的程度啊……

看到風魔跪著身子一臉得意地挺起胸膛的樣子，我不禁對她的能力稍微感到不安。但是──

至少在這趟即將啟程的艱難旅途上，我獲得一位夥伴了。雖然整件事情至今有很多讓人頭痛的部分，不過現在我稍微有點精神啦。

「師父，雖然要當作您願意委託在下的謝禮稍嫌寒酸，不過還請師父到在下的老家來，讓在下好好招待師父一番。其實在下已經有拜託母親大人，為師父多準備了一份晚餐是也。師父遠道而來，想必身子也累了。」

「什麼遠道而來，這距離坐新幹線的話一下就到啦。不過……我就恭敬不如從命吧。」

其實我本來是一點都不想去什麼女生的家，但畢竟風魔在我遇到困難的時候願意挺身幫忙我，而且我一路從京濱東北線轉乘橫濱線到這裡來也確實有點疲憊了。

更何況……聽到風魔的老家，我心中也不禁感到有點興趣。既然是忍者的家，應該是那種像旋轉門或活動天花板等等的機關都一應俱全的忍者屋吧。

身為一名武偵應該也能增廣見聞，因此我務必想參觀看看。走吧走吧。

「對了，妳有護照嗎？」

「在下已經辦好了。因為武偵高中入學時就有規定要辦。」

「哦哦，這麼說也對。」

我和像隻黏人的小狗般纏在我身邊的風魔如此交談著，並一起走出竹林後……

走在一條普普通通的車道邊，裝有護欄的普普通通人行道上。穿過設置有普普通通紅綠燈的普普通通行人穿越道，在一處插有普普通通禁止停車標誌的轉角處轉彎後看到的是——

「這裡便是在下的家是也。」

——一間、普普通通的房子……！

木造砂漿外牆的兩層樓建築，根本沒有任何特徵。全日本搞不好可以找到一千萬間同樣的房子，就連外面的圍牆都是隨處可見的灰色磚牆。

門前掛有一塊塑膠製的門牌，上面用毫無特色的明體字型寫著『風魔』兩字。見到那樣的景象，原本我腦中想像的——附有水車小屋的鄉下舊式民房當場被打了一個大大的×記號。

（不，搞不好裡面有什麼很厲害的機關也不一定喔……？）

於是我探頭朝風魔打開的大門內一瞧……玄關也是普普通通。

家人的鞋子也不是什麼木屐或分趾鞋襪，而是普普通通的皮鞋和運動鞋。

「在下回來了是也～」

風魔坐到一塊感覺在五金行就能買到的玄關墊上，用雙手脫下不容易發出腳步聲的橡膠靴子。雖然我能明白妳因為有穿緊身短褲所以對裙底風光比較沒有防備，但也拜託妳不要大剌剌地朝著我的方向張開雙腿脫鞋子行不行。我對靴子這種玩意才剛留下一段很新鮮的恐怖回憶啊。

「打擾了……」

對於風魔天真爛漫的開腳動作稍微感到畏懼的我也脫下自己的鞋子後，踏上根本沒有什麼聲響機關、普普通通木頭地板的走廊。而風魔似乎在家會把護手拿下來的樣子……可是護手的皮繩好像纏住的關係，怎麼也拆不開。

「繩子纏住了嗎？要不要我幫忙？」

「不、不好意思讓師父看到如此丟臉的一幕。不過毋須擔心……忍！」

風魔叫出一聲像施展忍法的叫聲並用力一扯後，護手便「啵」一聲莫名其妙被脫下來了。原本纏在一起的皮繩也都鬆開，軟趴趴地垂向下面。

這大概是什麼忍術吧。畢竟她剛才叫了一聲。原來忍術是使用在這種日常生活小細節上的東西嗎？

雖然我心中不禁如此疑惑，但確實是把護手給脫下來的風魔卻露出一臉得意的表情。

「在下很擅長脫繩術。因為在下從幼兒園時代就在接受母親大人綑綁掙脫的訓練是也。」

原來剛才那是脫繩術啊……話說，用繩子綑綁幼兒園小孩的媽媽會不會太誇張啦？

就在這時，話題中說到的那位媽媽，還有爸爸也是，都來到了玄關。

既然是把風魔養育成這種樣子的父母，肯定是什麼很有忍者風格的人物……！

我心中抱著這樣的期待抬頭一看，可是……

套圍裙的母親是個和風魔一樣綁著馬尾，感覺很有精神的可愛太太。三七分髮型的父親則是微胖微矮，身穿襯衫與寬鬆長褲。從那感覺只是把西裝外套脫掉的樣子看起來，他似乎是個普通的上班族。

……不論爸爸還是媽媽，一點都沒有忍者的感覺啊。

「唉呦唉呦初次見面！晚餐很快就好囉。不知道合不合你的口味呢～」

「你就是遠山同學嗎，小女陽菜受你關照了！」

就連講話方式都只是平平凡凡的媽媽跟爸爸。句尾也沒有加什麼『是也』。

「呃，是……打擾了……」

正當我因為預料全數落空而不禁呈現呆滯的時候——一隻室內犬跑到我的腳邊來了。

哦哦！這就是所謂的忍犬嗎？可是仔細一看，牠也只是一隻普普通通的博美犬而已啊。

風魔家的房間布局就跟哆啦A夢的野比家一樣，廚房和餐廳是連在一起的。而我就是被招待到那餐廳的餐桌旁，與他們共進晚餐。

風魔的雙親、風魔本人、像個足球少年的小學生風魔弟弟還有我，大家圍坐在餐桌旁……端上桌的不是什麼忍者的攜帶糧食——兵糧丸，而是用山崎麵包春季麵包節贈送的白色盤子裝了滿滿的可樂餅與高麗菜，還有白飯跟味噌湯，可說是相當普通的晚餐。因此我已經放棄對風魔家懷抱的所有幻想了。反正可樂餅很好吃。

「哎呀～陽菜真的是個奇怪的孩子，不好意思喔。這孩子大概是受到卡通影響，從小就喜歡舊時代的忍者。」

風魔的母親如此說著，端來追加的可樂餅對我露出苦笑。

「姊的喜好太古老了啦！現在這時代也只有姊還在用什麼龕燈！為什麼不用手電筒啦！」

總算出現啦！從弟弟口中出現了忍者用語——龕燈！而且這點我以前也有想過！在武偵高中夜戰訓練的時候，就只有風魔帶來的不是手電筒，而是裡面點蠟燭、像馬口鐵罐的玩意，結果被蘭豹狠狠修理了一頓啊。

「唔唔唔……」

當著我的面被家人們取笑的陽菜小妹妹只能啃著高麗菜瞪向弟弟。

「呃不，可是我……覺得還不錯喔？那種很有忍者風格的裝備，呃～很帥氣啊。」

要是讓風魔以為我嫌棄她也太可憐了，因此我說出這樣有一點點勉強的圓場話後……

「不，遠山同學，陽菜就是不夠謹慎。所謂的忍者應該要讓人認不出來自己是忍者，完全融入社會之中才行。就算是以前戰國時代，忍者也只有在執行任務的時候才會換上忍者服，平常看起來都是跟老百姓一樣啊。」

聽到風魔父親吃著淋上醬汁的可樂餅如此說道……我這才總算明白。乍看之下莫名像個普通上班族家庭的風魔家其實並不是放棄當忍者了，而是身為現代忍者故意這麼做的。

「——陽菜到現在用毒的時候也還在用什麼莽草或烏頭。我是很希望她改用普通的氰化鉀或VX毒氣啊。唉……」

「爸的想法也太古老了啦～諾維喬克不是比較好嗎？毒性是VX的五倍哩。」

嗯、嗯嗯……？上班族父親和足球少年弟弟，剛才是不是若無其事地講出了什麼很恐怖的對話？是我聽錯了嗎？

「就是說呀。陽菜這孩子，到現在竊聽還在用把耳朵貼到牆壁上那種方法呢。我是不至於要求到雷射式或轉發式竊聽器的程度啦，但至少也要用無線式的竊聽器吧。現在市面上也能買到有通過技術認證的東西呀。」

連、連母親也這樣。

（……這果然是風魔的家啊……）

普普通通的微胖上班族大叔、套圍裙的可愛媽媽以及小學生男孩，居然會一邊吃著可樂餅配白飯味噌湯，一邊進行這樣的對話。

原來如此，這家庭出生的小孩確實也只能讀武偵高中啊。怪不得風魔從中學時代就是在武偵類型的學校。

「七代前的風魔也受到遠山同學老家的關照了。」

「哦、哦哦，這麼說來爺爺確實有講過那樣的事情。真是不好意思，從古代就給你們家添麻煩了。」

風魔父親和我如此交談著——

「如今到了小女這一代又能為遠山家效力，實在有緣分啊。」

他開心如此說道後，又一口接一口地吃起可樂餅了。

吃完飯，又享用了綠茶與鴿子餅乾後……

我告辭回家時，風魔表示要送我到車站去。

蟲鳴環繞的回程路途，月亮高高掛在發出沙沙聲響的竹林上空。

隔著那片竹林的另一頭，彷彿延伸到天邊的鐵路傳來遠處橫濱線列車行走的聲音。

「我們星期五出發，在成田機場會合吧。詳細時間地點我會再寄信跟妳講。」

「遵命。」

回程的電車……我一方面為了身為學長的尊嚴，決定改搭新幹線了。不過是搭自由座。而且因為在風魔家用過餐的關係，現在時間也很晚了嘛。

就在我們走到可以看見車站的距離時——

「這次的委託內容……其實是要找出我的父親。換句話說，這是基於我個人理由的工作。酬勞我也只出得起市場價格而已，不過預支三成後付七成我絕對都會給妳。老實講，我現在手頭上的錢也只付得起三成的費用。如果妳不想接這種私人目的而且有金錢風險的委託……妳今天晚上可以再拒絕我沒關係。」

我為了保險起見，對風魔如此表示。

結果風魔停下腳步，與我面對面……

「師父，你沒有必要對在下如此客氣。獎勵方面也可以論功再行賞。換言之，全額事後付款也沒關係是也。」

她還是老樣子對我抱著忠誠心，說出這樣一句話。

「呃不，可是……」

總覺得對風魔很不好意思的我不禁如此支支吾吾的時候……

「——遠山大人。」

……？我忽然聽到別人的聲音。雖然對我的稱呼方式和剛才不一樣，不過這是風魔父親的聲音。

然而我卻聽不出來那聲音究竟是來自哪個方向。

感覺彷彿——是從周圍的黑暗之中傳來的。

「能夠為武家效命乃忍者的夙願。有了能夠效命的對象，才總算能有存在的價值。陽菜雖是個還不成熟的下忍，但還請您今後也多多差遣她。吾等風魔一族大家都已失去主子，沒有可以效命的對象。小女陽菜能夠在現代社會中找到自己的主子實為萬幸。吾等但願如同七代前，從幕後保護遠山家的各位……」

「父、父親大人！」

本來以為只有自己和我兩個人，卻沒想到爸爸其實也偷偷跟來的風魔——頓時表現出氣憤的樣子。不過……

感謝你啦，風魔老爹。

主從之緣過了數百年——就好像遠山家還多多少少保留了一點武士道精神一樣，風魔家也保留著所謂的忍道啊。而且風魔家保留的精神肯定更為堅定。我也向他們好好學習，跟風魔聯手到大海的另一頭去闖一番吧。

星期五下午四點過後——在成田機場第二航廈三樓。

GⅢ這次幫我們訂的班機是ＪＡＬ／ＡＡ的聯營航班，因此我到美國航空的報到櫃檯領取了登機證。接下來只要和GⅢ跟風魔會合之後，到國際線出境關卡去就行了。

茉斬似乎也配合我們在今天出發，要搭比我們早幾十分鐘起飛的班機到紐約去的樣子。所以我也姑且有叫她來和我們碰個頭。

順道一提，我這次的行李只有外套裡兩把手槍、子彈、馬尼亞戈短刀以及帶上飛機的手提行李包一個而已。行李包中也只有裝錢包、常用藥品、手機充電器、松丘館的講義、美國插座用轉接頭以及用壓縮袋壓縮的一套貼身衣物而已。畢竟我現在對於出國也已經習慣了，知道在外國當地可以買到跟不能買到的東西啦。

我來到事前指定為會合地點、比較不會有人經過的大廳南側，坐到一張長椅上——用手錶確認已經到了會合時間，並喝著今後可能有一段時間都喝不到的日本罐裝咖啡時……

……沙沙沙沙……！

「——風魔陽菜，奉命前來是也！」

她又來這套了！用葉隱之術的相反應用現身的那招……！啊啊！向日葵花瓣飄進咖啡罐了啦。

在我坐的長椅前，明明是夏天卻依然用像是圍巾的一塊布遮住嘴部的風魔還是老樣子，用穿著防彈制服加上護手的打扮現身了。

「喂，不要在這種地方亂撒花瓣啊。」

「遵命！」

包含一個像斜背背包一樣的打飼袋在內，身上背了一堆行李的風魔大概是興奮的緣故，聲音有點大。近處的易斯達航空櫃檯大姊都在偷瞄我們啦。

「在下從沒出過國，因此非常期待是也。」

這麼說來，風魔昨晚在信件裡好像也有提到這點。不過她寫的文章是漢文寫法，超難讀的就是了。

就在我跟著風魔一起收拾向日葵花瓣……準備撿起最後一枚的時候……

一名女性白皙的手碰到我伸向地板的手，比我先撿起了那枚花瓣。

因為到觸碰手臂前我都沒注意到氣息的關係，反而讓我知道對方是誰了。

挺起身子，用指尖轉玩花瓣並瞥眼看向風魔的那位女性——

「——這女孩是誰？你的女朋友嗎？」

正是茉斬。她還是老樣子，明明是夏天卻穿著防彈大衣，腳上套著一雙鞋帶式的靴子。

「……女、女朋友……」

風魔對於『我的女朋友』這樣不名譽的稱呼卻一點也沒生氣，而且不知道為什麼紅著臉窺探起我的表情。但我決定暫時不理她……

「她是我以前的學妹，有點像徒弟的人物。為了方便起見我就告訴妳，她叫風魔陽菜。」

「帶這樣看起來很無能的女孩子過去，沒問題嗎？」

「我難得雇用到人，妳不要劈頭就講人壞話行不行。這傢伙是個忍者，會使用各種連我看到都覺得不可思議的招術啦。像以前中學的時候，她在任務中被一臺砂石車撞到都毫髮無傷，不知不覺間就跟一塊圓木對調啦。」

「也就是說她跟她的師父一樣，是個物理法則很奇怪的女孩是吧。」

「這可不是開玩笑的時候啊，茉斬。」

「我也不是在開什麼玩笑呀。」

受不了……雖然從講話方式聽起來她現在應該有五層腦袋在睡覺，但是跟一個有六層腦的女人交談真的是話都對不上啊。

我接著依循武偵之間長期分頭行動時的習慣——將我昨晚做好、在郵件聯絡之類的時候可以使用的簡易暗號表交給茉斬。然後……

「——By the way Makiri, You' ll be alone in New York you know. Speak English?（話說茉斬，妳要在紐約單獨行動的話，妳會講英文嗎？）」

我忽然用英文如此詢問，結果……

「Better than your strong Western accent.（比你那麼重的西部腔調來得好啦。）」

她用很流暢的英文這麼回應我了。看來完全沒問題的樣子。仔細想想，她原本可是一名防諜員啊。

「哎呀，你要帶女孩子過去的事情我明白了。畢竟遠山家的男人就是需要女人。」

茉斬接著說出這樣一句別有深意的發言……

「才、才不是那樣啦！」

害我忍不住有點臉紅地小發飆了一下。這下簡直就像明明在內心提醒自己不要跟上次一樣，卻又再度被大姊姊戲弄的少年了。真讓人不甘心。

「不過回想起我們在赤坂的那一夜，現在看到你帶著別的女人真有點生氣呢。」

「不要講那些多餘的話，妳不想拿回戒指了嗎？哦哦對了，茉斬，我有打電話拜託赤王的服務生幫忙傳話……妳有把水手服帶來嗎？」

「有呀。但是我沒洗過喔。我討厭做家事。」

「別管那麼多了快交給我。我入境美國時要用到。」

就這樣，當我從茉斬手中接下裝有朝日向胡桃水手服的紙袋後……

……一推。

「茉斬大人，交付完東西就請妳離遠一點。師父討厭女性是也。」

聽著我和茉斬盡說些只有我們聽得懂的對話而眼神漸漸變得不悅的風魔忽然用雙手推向茉斬，想要把她推離我面前。還真不要命啊。

「什麼討厭女人。妳不也是女的嗎？」

「在下是特例！唔唔……原來這次任務中也有這樣的美女……這樣強勁的敵手呀……！」

「妳們兩個不要吵架。風魔妳幹麼那樣瞪茉斬啦？茉斬這次是跟我們分頭行動，而且現在暫時是我們的自己人。妳別對她那麼凶啊。」

我把風魔拉開後，茉斬的視線──已經對我們失去興趣，而望向別的方向了。

順著她的視線看過去，就能見到一名用ＢＯＳＥ的頭戴式耳機大音量聽著音樂出神，身穿像駭客任務的黑色防彈大衣，戴著Chrome Hearts的墨鏡，用硬式髮膠把頭髮抓得刺刺的，手上還提著閃亮亮的Vivienne Westwood旅行箱……讓人一點都不想承認是自己老弟的ＧⅢ現身了。

「嘿，老哥，抱歉我遲到啦。伊藤茉斬，上次在神宮以來好久不見。都接近到十碼的距離才注意到我的話，妳可活不久囉？」

「我從更早之前就有注意到你，只是認為根本不需要提防你而已……那時候受你關照了。」

「妳是老爹的仇人。休想要我跟妳打好關係啊。」

「我有時候光因為對方是美國人就會想殺了對方。但這次因為站在那邊的金次要求我不准殺人，我就放過你吧。」

以前我和瓦爾基麗雅在明治神宮交手的時候，茉斬始終受到ＧⅢ的牽制。

大概也是因為那件事，這兩人一見面氣氛就很緊張。都還沒出發就這個樣子了，今後真教人頭痛啊。還有茉斬剛才這句發言，讓她到美國去真的沒問題嗎？

「喂，茉斬，我再警告妳一次。妳要是敢殺掉任何一個人──我就用鐵鎚把戒指敲成釘子，拿來修補我家的遮雨窗喔。」

聽到我這麼一說，茉斬立刻瞪向我……鼓起了腮幫子。

接著她便安分下來了。嗯～雖然身為一個人太常使用這招也不是什麼好事，但這感覺果然很舒暢啊。那枚戒指簡直就像可以讓這位美女大姊姊凡事乖乖聽話的魔法道具呢。我都快變成S了。

從我背後跑出來的風魔見到GⅢ之後……

「你便是GⅢ大人——師父的弟君嗎？在下事前已聽聞關於你的事情了。在下乃風魔陽菜，效命於令兄大人是也。還請多多關照。」

她搖曳著馬尾跪下身子，將戴有護手的右手臂放到自己膝蓋上，擺出彷彿在看什麼隱形手錶似的高忍者度動作，對GⅢ如此問好。

「呃～這傢伙雖然在言行舉止上有點……或者說非常古怪……不過因為符合這次的條件，我就雇用她了……」

我不禁有點臉紅地向GⅢ介紹這位讓人有點丟臉的徒弟後……

GⅢ忽然瞪大眼睛，拿下墨鏡……

「嗚哦哦哦哦……！Oh, my God……！」

有如被嚇到腳軟似地往後退了半步。那是什麼反應啦？

「喂，GⅢ。」

「嗚哦哦哦哦哦……！」

「喂。」

「哦哦哦哦哦……！」

不知道為什麼GⅢ見到風魔之後就變得無法對話了，於是——我「砰！」地輕輕揍了他腦袋一拳。結果GⅢ依然保持著瞪大雙眼的表情轉頭看向我……

「這女人！是忍者吧！」

呃，是沒錯啦。但那又如何？

「——正是。在下乃忍者的後代是也。」

「嗚哦哦！不愧是老哥！原來你的部下中居然有忍者！我才想說老哥你部下怎麼那麼少，原來那並不是因為你沒有人望，而是只要有這一個部下就足夠啦！所謂的忍者就是會使用一種叫『忍術』的魔法，像超級黑暗英雄的存在對吧？日本戰國時代就是靠忍者決出勝負的對吧？字典上明明寫說現代日本已經沒有忍者了，原來還存在啊！超強的！超強的！超強的啊啊啊！」

GⅢ用閃亮亮的眼神交互看向我和風魔，表現得異常興奮。

「我說啊，忍者才不是超人什麼的，只是暗殺專家而已。另外就是做一些像諜報或竊盜工作的接案業者。你忍者龜看太多啦。」

雖然連我自己都覺得『只是暗殺專家而已』這種發言很沒藥救，但畢竟在場這些人都很沒藥救嘛。這也沒辦法。

「可、可是……！是忍者啊……超強的……忍者……！」

GⅢ依然一副興奮難消的樣子，額頭冒著汗水看向風魔。

見到他這德行我才想起來，日本的忍者在歐美是被當成像超級英雄般的存在。在像這次這樣的尋人行動中，通常要注意別讓搜尋目標察覺到才行的……可是原本應該很擅長這類隱密行動的『忍者』，在美國恐怕反而會引人注目啊。雖然當初選風魔是因為除了她以外沒有其他人選的關係，但我會不會其實挑錯人啦？

為了搭乘較早起飛的紐約班機，行李比我還要少——或者說根本只有帶一個手提小包包的茉斬先走進了出境關卡。順道一提，茉斬使用的是名叫『前田瞳』的偽造護照。就只有取假名的品味還算可愛啊她。

我拿著剛才茉斬交給我裝有水手服的紙袋，將自己的包包寄放給GⅢ後……

「那麼GⅢ，把那東西交來。」

「哦，拿去。還好這玩意本來就收在我自己房間，所以帶出來的時候沒有被部下們察覺啊。」

GⅢ說著，從Vivienne行李箱中拿出一個塑膠袋交給我。

袋子裡面裝有一頂黑色假髮和兩顆紅豆麵包。這下克羅梅德爾變裝道具就都湊齊啦。

雖然之前大哥給我的補充裝備中也有假髮，但假髮這種東西在搭飛機的時候會因為乾燥而變得毛躁，事後保養非常麻煩。而我向GⅢ提到這點的時候，他說以前我要從美國到英國時他們給我的假髮還有備份，於是我就叫他帶過來了。這次我拿的克羅梅德爾護照也是當時他們給我的東西。

「那我到廁所去變裝一下。」

就這樣，我帶著水手服與假髮走向位於手扶梯旁的洗手間……之前，忽然想到要是我變成克羅梅德爾回來，不管怎麼解釋，風魔大概都會難以理解克羅梅德爾就是遠山金次吧。因此逼不得已之下……

「喂，風魔，妳跟我過來。」

我帶著不知道為什麼茉斬一離開後就把遮口布拿掉的風魔前往洗手間……可是男廁的話，風魔進不去克羅梅德爾也出不來，女廁的話又換成遠山金次進不去……於是我只好進入位於男女廁中間的多功能廁所。和風魔一起。然後從內側按下上鎖鈕，這樣就行啦。

像這種時候要是表現得猶豫不決只會變得更害羞，因此我很快地脫下外套跟褲子。

「師、師父！為、為何？為何要帶在下、到、到這種地方？」

對於看到我脫得只剩襯衫和四角內褲的模樣而臉蛋一下泛紅一下發青的風魔……

「雖然英國好像已經解除了，但我在美國跟中國似乎都被列入危險武偵名單之中，可能會無法入境。所以……」

我說著，戴上假髮，穿上從紙袋拿出來的水手服——多功能廁所有裝鏡子真的超方便的啊——最後裝上紅豆麵包，完成變裝。

風魔見到這樣奇蹟般的變身秀，驚訝得往後退下……

「克……克羅梅德爾・貝爾蒙多大人……！」

背部「啪！」一聲撞在廁所門上。

我接著用GⅢ免費為我準備的梳子梳理頭髮，並轉頭看向風魔……

「原來妳還記得我呢。我就是妳之前的同班同學克羅梅德爾喔。在順利入境美國之前，我都會保持這樣的打扮。好了，我們快出去吧。要是有坐輪椅的人或想幫小寶寶換尿布的人在外面等就不好了。」

「可、可是……這、這看起來完全是不同人是也。真不愧是師父……！連歌舞伎的女形都相形見絀是也……！」

「真是的……請妳不要驚訝成那樣嘛。上次亞莉亞同學們也是驚訝得不得了，讓我對驚訝的表情都看膩了呀。」

克羅梅德爾小姐說著，學茉斬鼓起腮幫子。

映在鏡子中的自己這模樣實在太可愛，有夠難受的啊。

克羅梅德爾和風魔從多功能廁所出來的時候，很不巧地有一位馬來西亞航空的空服員小姐也同時從女廁走出來，「！」地驚訝看向我們。但她接著又露出一臉彷彿撞見什麼不該干涉的事情似的表情，快快離去。我就當作是問題平安解決了吧。

因為登機時間也快到了，於是我們在三菱東京ＵＦＪ銀行將身上的日圓換成美金後——便走向武裝職業人士專用的出境關卡。

畢竟現在這時代就連機組員都有帶武器，因此對於攜帶武器登機的審查是很鬆的。只要是武器持有人並帶有證照，也就是有明確的責任關係證明就能通關。因此克羅梅德爾的手槍、子彈與短刀就當作是GⅢ的裝備通關了。只不過那個申請書是繁雜到甚至會有人請代書業者的程度，結果GⅢ就叫我自己填寫自己的份。他到底把姊姊當什麼了嘛，真是的。

於是克羅梅德爾小姐就和GⅢ並肩站在出境關卡的書寫臺邊，將武器種類與數量等等詳細填入申請書。因為子彈要是帶太多會需要繳關稅，所以我幾乎都沒有帶，打算到當地再購買。反正子彈在美國超級便宜的。紙袋裡的男生制服型八岐大蛇也是空彈匣，不需要申請……

「你還在寫喔，老……老姊，我都已經寫完啦。」

GⅢ說著——把拆下來的左手義肢「鏘」一聲放進裝有我和他自己武器的托盤中。因為等一下要過金屬探測器的關係，他的墨鏡和腰帶也都拿下來放在托盤裡了。至於他平常總是在穿的那套像盔甲一樣的護具，據說是裝在另一個行李箱中已經交給櫃檯託運了。

「那是因為GⅢ只有一把H＆K吧？我有兩把手槍，會比較麻煩呀。每一把槍都要詳細填寫購入商店的住址跟改造內容什麼的，明明這種東西根本沒有人會看的說……啊，風魔小姐，這麼說來妳的槍……總不會還在用中學時那把槍吧？」

「正是和中學時一樣的種子島是也。」

風魔說著，從背後拔出一個西陣織布料的長型包裹。裡面包的就是——

嗚嗚，果然是這玩意啊。她到現在還在用這把槍。我才想說那個裝槍袋的松竹梅花紋很眼熟啊。

「Oh…… Beautiful……!」

雖然GⅢ好像很感動的樣子——不過風魔的槍可是一把橡木製槍托、花型釘子頭上鍍有黃銅的種子島**火繩槍**。那是從槍刀修正法施行以前，或者說是從安土桃山時代就在風魔老家的玩意。

「拜託你不要對槍發情喔GⅢ？話說風魔小姐，那槍是單發式，而且是從槍口裝彈對吧？那已經不只是什麼連射性能問題了喔！」

克羅梅德爾雙手扠腰，對以前的同班同學氣呼呼地如此說道。但風魔卻一臉得意地將火繩槍——詳細分類叫中筒，是用在古代交戰時的長槍——抱在胸前……

「連射性能只要用這個『早合』便能提升。開槍後十五秒便能發射下一發子彈是也。」

她說著拿出來給我看的，是用油紙包成蠟筆形狀的紙製彈殼。那是將鉛彈與火藥用紙包成圓柱狀的東西。

哎呀，雖然這跟她中學時代把火藥和子彈分別裝入槍管，還用細桿子慢慢推進深處的方法比起來是有所進步啦……話說紙製的彈殼我還是第一次見到。感覺有夠不可靠的。

「十五秒的時間可是會被對手反擊二十發子彈喔？要是妳沒有一發解決的話。」

「毋須擔心。風魔的槍乃一發必中，不需要第二發是也。」
風魔那張以女孩子來說算是較凜然的臉蛋露出充滿自信的表情。
（嗯～算了，也罷……）
不用說大家都知道，火繩槍根本是一種跟不上時代的骨董。因為是沒有膛線的滑膛槍，準度很低。而且使用的是空氣阻力較大的球形子彈，對遠距離目標的威力會明顯減弱。
不過——這種槍口徑較大，可以發射比手槍子彈重好幾倍的子彈。而且那子彈是單純的鉛球，只要能擊中人體別說是變形了，甚至會當場碎開，有時也會把肉體炸爛。如果是在五十公尺以內的距離，殺傷力可是比現代使用全金屬被甲彈的步槍還要強。不管怎麼說，總比一把七千日圓的中國製廉價步槍好多了吧。我在 Twitter 上還聽說那種玩意只開一槍就會故障呢。
在風魔數著她要當成小型刀劍申請通關的棒形手裡劍和卍字手裡劍的時候，克羅梅德爾身為出國經驗的前輩，確認了一下她放在櫃檯上的打飼袋裡面裝的東西。
自稱這次是第一次出國的風魔帶的行李中，有很多像毛巾、清潔劑、點心等等出國新手經常會帶的多餘物品。而且她明明就沒有抽菸習慣卻帶了拋棄式打火機，還有很占空間的望遠鏡什麼的。另外不知道為什麼，我還找到了裝在小袋子裡的……好幾顆蒼耳子。也就是表面有很多刺，會黏在衣服或動物身上，俗稱『羊帶來』的玩意。植物類的東西到了美國要是被海關發現就會被丟掉呀。正當我這麼想的時候才注意到，那玩意竟然是塑膠製的。這下我真的搞不懂那是什麼東西啦。

「風魔小姐，請問這是什麼？」

個性老愛挑人小毛病的克羅梅德爾女士捏起一顆那個玩意，並如此問道後……

「那是在學校時裝備科的人跑到諜報科來推銷販賣的發信器是也。」

裝備科還是老樣子，喜歡做一些稀奇古怪的東西到各科系去推銷啊。

原來如此，這蒼耳子裡面藏有GPS追蹤器是吧。

「只不過，在下搞不清楚那個手機用追蹤地圖軟體的……藍……藍牙？要怎麼使用……所以在學校每次都是拜託情報科的同學進行雷達掃描……」

然後風魔也是老樣子，在IT素養上超爛的。至少也該知道藍牙的用法吧。

「真是拿妳沒辦法。我幫妳用吧。」

我說著，把風魔那支老舊手機借過來，將蒼耳子型的發信器一顆一顆配對登錄。

話說這玩意其實頗方便的呢。例如只要放一顆在錢包，萬一錢包搞丟的時候……也能知道是掉在哪裡的對吧……啊，我想到了！

「這個蒼耳子，我拿走一顆喔。」

克羅梅德爾如此告知風魔一聲後，從袋子裡拿出一顆蒼耳子型發信器放進腋下槍套底部。這樣一來當風魔在洛杉磯迷路的時候，就能查到我的所在位置了吧。另外雖然身為前輩會很丟臉，不過萬一是我迷路的時候也一樣啊。

在美國航空波音777機上，風魔坐在靠窗的位子一直望著雲海。

至於已經看慣，或者說已經看膩那種景象的克羅梅德爾則是坐在風魔旁邊靠走道的位子上。

雖然我曾經也有一段時期認為既然要搭飛機就要坐在靠窗的位子，不過現在已經知道其實坐在靠走道的位子會比較好。畢竟要去上洗手間的時候會很方便嘛。

東京和洛杉磯之間的時差是負十六個小時，因此飛機剛起飛不久——讓乘客們享用完簡單的機上餐點後，機艙內的燈光便轉暗了，也就是要乘客們先睡飽的意思。

在隔著走道另一側的座位上，運氣超好、旁邊沒人坐的GⅢ早已把雙手交抱胸前睡著了。那傢伙睡覺時有交抱手臂的習慣呢。聽說是為了在睡覺的時候也能用左手義肢保護心臟的樣子。

「……克羅梅德爾大人，在飛機上可以電影看到飽是也，真是賺到了！」

在我旁邊就不會戴上遮口布而沒什麼忍者感覺的風魔，用自備的筷子吃著機上餐點的三明治，並竊聲對我如此說道。

見到風魔那樣開心的樣子，連我都不禁愉快起來——於是兩人操作著裝在前座背後的螢幕畫面，瀏覽給日本人欣賞的節目。

結果我們發現當中有播放時代劇的頻道，於是……

「啊，是鬥劍場面。」

「還有女忍者登場是也。」

我們兩人就這樣悠悠哉哉地看著看著，卻沒想到……劇情展開……偏偏進入了女忍者與武士的戀愛場面……！而且那兩人看起來還有點像風魔&原本裝扮的我。

（超尷尬的……！）

風魔都讓馬尾整個豎起來，變得滿臉通紅啦。

「……呃……要看電影也是可以啦。可是如果不睡覺，到了洛杉磯可是會體力不支的喔。」

「遵、遵命。」

低下頭、把長髮當布簾遮蔽視線的克羅梅德爾，以及慌慌張張操作遙控器卻把遙控器掉到地上的風魔——向空服員小姐要來毛毯，決定先睡一覺。

風魔雖然因為後面沒有坐人所以把椅子倒下去睡著了……但我卻被剛才那齣時代劇害得感覺整個人都醒啦。

於是我從帶上飛機的包包中拿出功課講義，用功起來。

在只會照亮自己座位的閱讀燈下，我讀著需要默背的科目。可是……

在我腦中的某個角落不禁模模糊糊地思考起現在我讀書的意義。

我之所以會這樣讀書，本來是為了能接近武裝檢察官。關於武檢的事情只有武檢能知道——就像獅堂的上司以前說過的，武裝檢察官的活動內容是機密中的機密。國家可以完全隱瞞那些內容的法律——「特定機密保護法案」也肯定在下次政權輪替之後就會成立。

到時候我如果想知道關於父親的事情，除了當上武裝檢察官以外就別無方法了。因此我為了通過要求高學歷的武檢選拔測驗，才會開始這樣努力用功。

不過要是我找到了老爸，讓他回國，知道了封印對卒的方法——我就沒有必要以武裝檢察官為目標，現在這樣努力讀書的意義也沒有了。

當然……找不到老爸的可能性也是存在的。雖然我不願去想這種事，但老爸在美國似乎也是擔任武裝職業，因此從二〇〇八年到現在這段期間已經喪命的可能性也不是完全沒有。

即使我心中祈禱著可以找到老爸，但與此同時——總覺得現在這樣讀書是為了預防相反的狀況，結果怎麼也無法專心。

不過……

（……不，我現在讀書也已經有別的意義了。）

於是我重新振作精神，用鉛筆填寫講義。

之前和中空知一起成立公司，從短暫出過社會的經驗中我也知道了——為了彌補『武偵高中中途退學』這個扣分學歷，我現在也必須努力念書才行。

（而且我只要一閒下來，就會想起關於戰鬥或女性的恐怖回憶而發瘋。為了讓心靈安定，找事情做是最好的方法。如果像理子或梅露愛特那樣有什麼能夠熱衷的興趣當然是最好，但既然沒有，把時間花在讀書或勞動上也比較有意義嘛……）

就這樣，當我寫著在松丘館選修的日本史歷年題庫的時候……

（……？）

我發現風魔用毯子遮著自己臉蛋的下半部分，眼睛看著我呢。而且雙頰，或者說整張臉都微微泛紅。

「請、請問有什麼事嗎？」

因為經濟艙座位的構造，被她在這麼近的距離下注視實在很讓人害羞——於是我用克羅梅德爾的講話方式緊張詢問後……

「克羅梅德爾大人現在……是克羅梅德爾大人的模樣。因此在下也能說出平日實在太過害臊而無法告訴師父的話……」

風魔小聲呢喃似地對我如此說道。

「……？」

「在下從小便決定成為一名忍者。但也因為這樣，從以前就經常受人嘲笑是也。說來丟臉，像在下讀中學的時候……甚至曾經靠武力對付嘲笑在下的人，讓對方閉嘴……」

……哎呀，畢竟她是那種打扮加上那種講話方式嘛。

雖然我個人是從以前就覺得她那樣女子力很低，對於爆發方面來講非常好就是了。

只不過，這樣彷彿搞錯時代的忍者風魔，當初一進入神奈川武偵高中附屬中學時就遭到周圍人欺負——結果她很快便學壞，導致有一段時期不分男女不分年級，只要被人嘲笑她就會靠暴力逼對方屈服。而當時是二年級的我聽說有個很凶的一年級新生入學……就在某一天剛好進入爆發模式時，在強襲科的訓練中教訓了她一頓。

那就是我和風魔最初的邂逅了。

「然而……師父從來沒有嘲笑過在下的事情，從一開始就真誠地面對在下。因此……在下心中決定，要好好為此人效命是也。克羅梅德爾大人，煩請您轉告師父，請他這輩子……永遠都當在下的師父吧……」

說完自己想說的話之後……風魔便用毯子遮住了她溼潤的雙眼與紅通通的臉蛋。

「……我們接下來要去進行很危險的工作，我勸妳最好不要隨便亂插旗喔。雖然我因為是考生，沒辦法悠悠哉哉睡覺，但是風魔小姐就快點睡吧。至於傳話嘛……呃……我會確實幫妳轉達的。」

忍不住害臊起來的克羅梅德爾同樣紅著臉如此回應後……依然用毯子遮著臉的風魔搖著馬尾，似乎很開心地點了好幾下頭——

——接著大概是因為感到安心的緣故，她總算睡著了。

如今只剩我鉛筆寫字的聲音，還有飛機低沉的引擎聲，反而更加凸顯了現場的寂靜。

5彈 洛城機密

洛杉磯如果正確發音應該是Los Angeles，也常被人取第一個字母稱為L.A.。是全美第二大的都市。

從機場可以看到星條旗配上『God Bless America』文字的海報可以知道——美國雖是世界最強的軍事大國，是民間一般人士就持有約三億支槍械的武力國家，不過同時也帶有虔誠宗教國家的一面。即便美國憲法禁止訂定國教，但是像總統就職時還是會把手放在聖經上進行宣誓等等，實際上就是個基督教國家。

雖然我不清楚跟這點有沒有關聯性，不過神祕學在這國家也相當盛行。就某種角度來看也可說是個槍械與怪力亂神的國家。在這方面或許可說是跟我的人生很像吧。

飛機降落後，似乎因為機場職員鬧罷工還是什麼的緣故，害我們在停機坪等了半天……到太平洋夏令時間的黃昏才總算得以下機。然後在洛杉磯國際機場的入境審查區，除了我們搭的班機之外還有另一批來自大阪搭轉乘飛機來的日本旅客，因為罷工事件的關係和我們同時從飛機上獲得解放，使得現場滿滿都是人。雖然機場有裝設自動入境審查機器，但其實一點都不自動，終究還是要拿著機器印出來的單子到入境審查員的地方去才行。在審查關口前還設有伸縮圍欄，簡直就像什麼大型活動入場前的狀態。

GⅢ雖然可以從美國人專用關口輕鬆入境，但必須通過外國人用關口的風魔和克羅梅德爾就整整等了十五分鐘。總算要輪到我們的時候，我和風魔交談了一下「要是被詢問來美國的目的，只能回答『sightseeing（觀光）』喔。」「遵命。」之後——

「Next！那邊的兩位，如果是同伴就請一起過來。現在人很多，快一點。」

入境審查人員的白人大姊如此催促我們過去了。

似乎被美國認定為危險武偵的遠山金次如果直接闖關有可能會無法入境，因此我才會嘗試用克羅梅德爾的身分入境。但畢竟這樣做也是虛構人物拿偽造護照入境的關係，同樣會很危險。我必須盡可能偽裝成平凡的觀光客，別露出馬腳了。

就這樣，當露出自然笑容的克羅梅德爾與風魔兩人來到審查官櫃檯前……

「OH……！妳是忍者嗎？」

坐在一張稍高椅子上的審查人員大姊睜大綠色的眼睛低頭看向風魔。於是我轉頭一看，發現風魔居然用那塊像圍巾一樣的布遮住自己的嘴巴了……！為什麼！為什麼妳要在這種時候遮住臉！

「Yes，在下忍者是也。」

「等、等等，風魔小姐不要這樣！會被人覺得很奇怪呀……！呃～那個，我是個日裔荷蘭人，所以請讓我來說明吧。這女孩看起來像個忍者是因為一種叫『角色扮演』

的日本文化……有點像提早慶祝萬聖節？之類的。啊哈哈。」

克羅梅德爾趕緊把風魔的圍巾扯下來讓她露出臉，並對著大姊姊苦笑說著這樣莫名其妙的藉口。

難道我們一下子就要遭到拒絕入境，被送到別的房間去了嗎……？就在我因此臉色發青的時候——

啪嚓啪嚓。審查人員大姊按照規定用櫃檯上的數位相機拍下我們的臉部照片後，「咚咚」地連護照內容都沒仔細看就蓋上了入境許可的印章。

「好了，next！那邊的兩位，如果是同伴就請一起過來。現在人很多呀。」

她接著就對排在我們後面的一對日本人夫婦如此招招手，感覺對我和風魔已經毫無興趣了。

——太好啦。看來是個本來就很隨便的審查人員因為遇上人多的關係，變得更加隨便了。罷工萬歲！勞動階級們團結起來吧！

從後來那對夫婦也只被詢問會在美國待幾天就獲准蓋章的狀況看起來，大概一方面也是因為現在日美關係良好，所以來自日本的班機中混有危險人物的機率很低的緣故吧。

而那個危險人物遠山金次就這樣順利入境美國啦。

我們通過同樣沒接受什麼檢查的海關，來到入境大廳後，我便趁著沒人看到時進入男廁——美國的廁所為了防範犯罪，隔間都不是密室而是會讓外面看到腳部，因此我匆匆忙忙地換裝——變回遠山金次之後，把在乾燥的飛機上變得毛毛躁躁的克羅梅德爾假髮扔進壓克力製的大垃圾桶中。

想當然，在機場中的所有標示與廣播都是毫不留情地使用英文。而我帶著因此不斷東張西望的風魔來到旅客服務中心附近，和從行李提領區拿回行李箱的GⅢ會合了。

這裡明明是在屋內，機場人員卻騎著腳踏車在長年變質而色彩黯淡的石材地板上移動。而我望著那樣的景象……

（老爸——是不是也曾經走過這裡呢？）

腦中不禁湧起這樣的感觸。畢竟老爸二〇〇八年二月時人在洛杉磯，代表他當時從世界上某個地方經過這座機場的可能性也不小。

雖然剛才在入境審查區剛好遇上很多日本人，不過在這個入境大廳中——不愧是美國，簡直是人種大雜燴。用堅固的推車載運各自行李的白人、黑人與東洋人們到處來來往往。美國就是靠著接納各種異質的人種與文化，並混合彼此的力量一路發展過來的……在某種意義上可說是與N理想中的世界也相通的國家吧。

然後眺望著那個國家入口的我，在好的意義上感受到自己肩膀稍微放鬆了力氣。

因為在爆發方面——根據我的經驗，在外國會比在日本來得輕鬆。

如果是在日本，我總無時無刻會受到來自女性的壓力。例如在電梯中與不認識的女生兩人獨處，或是在路上與女高中生擦肩而過等等，對於患有爆發模式這項疾病的我來說都是很恐怖的行為。在電車上若遇到只有年輕女性旁邊有空位的狀況，我寧願選擇站著。

對於那樣害怕女性的我，女人們總會以「陰沉男」稱呼，感到可疑或噁心。然而那也代表她們把我視為一名男性的意思。在不好的意義上。

當我見到女生把我視為男性而表現出警戒的態度時，我總會忍不住想到『這女生究竟以為我會對她做出什麼事？』結果讓思考擦碰到大腦中掌管性事的迴路附近。如此一來又會提高我對爆發模式的恐懼感，使腦中不斷陷入惡性循環。

然而在美國，不管怎麼說東洋人都是少數派。在人種隔閡下，白人或黑人的女生在把我視為男性之前會先把我視為一名外國人，也因此不會讓我感受到像在日本那樣對噁心男人的敵愾心，就不會陷入剛才所說的惡性循環，使我不會感到壓力。

……其實我住在美國會不會比較好啊？雖然我想美國政府應該不歡迎就是了。

「你們兩個在這裡都是鄉巴佬，跟著我走吧。」

就這樣，在GⅢ的帶領下，我們穿過構造看起來應該很堅固、可是開關時「喀啦喀啦」很吵的入境大廳自動門——來到雖然還看得到一片藍天，不過太陽已經開始往西邊沉的屋外。

巴士、計程車與自家用車陸陸續續停下又開走的那個地方，是往左右兩邊一望無際的廣大乘車區。大概是為了象徵這裡是溫暖的太平洋沿岸城市而故意種植的吧，路旁種的都是椰子樹。那會讓我回想起無人島而讓恐怖回憶湧現腦海，是很不好的樹木啊。然後在那些椰子樹下，還有跟日本一樣的野鴿子走來走去。

乾燥的車道不是像日本那樣的黑色柏油路，而是灰色的水泥地。龜裂的地方還有注入芥黃色的修補劑，讓人一看就知道那裡裂開過。怎麼會用那種顏色嘛。這種事情在日本絕對不會被原諒的吧。

「師、師父，車道的『STOP』標誌是八角形是也！是美國的標誌是也！黑色的那個是公共電話嗎……哦哦，這裡的郵筒居然是藍色的！什麼東西都跟日本不一樣是也！」

「廢話，這裡是美國啊……」

對於各種與日本不同的公共物品都感到驚訝的風魔，確實是徹底的鄉巴佬沒錯。不過……我自己也是第一次到洛杉磯來。雖然從剛才就抱怨東抱怨西的，但站在航廈前抬頭仰望的藍天——氣候真舒適啊。即使熱也沒有像日本那樣，而是乾爽的熱。大概二十五度左右吧。就像梅露愛特說過這裡一年中有三百天都放晴，今天也是舒服的晴天，甚至讓人會想忘掉什麼防彈性能，脫下外套好好享受呢。

「夏天的洛杉磯跟上次冬天和你一起去的曼哈頓完全不一樣啊。」

「沒錯，根本是不同世界。畢竟L. A.比紐約還南邊，各自又在美國的西海岸跟東海岸，相差兩千五百英里——也就是四千公里，連時差都有三個小時。不過這兩地也有個重要的共同點。」

「重要的共同點？」

「跟紐約州一樣，這裡加州也是禁止武偵殺人。就算是為了自衛殺掉也會被條子抓走，你可要小心點。雖然說是有附則，所以不像日本那樣確定死刑就是了啦。」

「別講那種恐怖的事情行不行……我好不容易下了飛機，正在享受開放感的說。」

在如此抱怨的我面前，GⅢ重新戴上他在日本時也戴著的墨鏡。

「──變裝嗎？」

「才不是，陽光對眼睛不好啊。」

「我記得那是因為眼睛是藍色或綠色的人種會覺得陽光很耀眼才有的說法吧。你的眼睛跟我一樣是黑色，天生就具有墨鏡功能了。沒問題啦。」

「囉嗦，要是不戴墨鏡就沒有L.A.的感覺啦。」

「……算了，是沒差啦。但我問你『是不是變裝』不是那個意思──說到底，我們不變裝一下沒關係嗎？你以前不是說過美軍的衛星會追蹤我們的動向？」

「暫時應該是不需要變裝啦。KH－14偵察衛星還有分析它影像資料用的超級電腦開放給各機關的登入權限有所謂的管轄區域之分。我的粉絲主要是在五角大廈（國防部），老哥的粉絲則是在CIA（中情局），但美國國內的影像資料是FBI（聯邦調查局）的地盤。目前FBI對我們兩人應該都沒什麼太大的興趣才對。雖然五角大廈或CIA也有可能去跟FBI告狀，但畢竟那些傢伙都是縱向組織，應該不會那麼快就查到我們這裡來。只不過……根據我們的行動，也是有可能從州警往上呈報，讓FBI做出行動。要是老哥在這裡重新弄到一頂假髮扮成克羅梅德爾，結果被FBI

查到──老哥那項少數長才之一的完美變裝搞不好就會曝光給美國政府知道了。所以我勸你把那招當最後手段，在這裡不要輕易使用比較好。」

嗯，也就是說在美國要封印克羅梅德爾的意思嗎？了解。或者說我非常贊成呢。包含之前在阿尼亞斯學院的那段時間，我總覺得最近自己好像太過習慣於那招啦。所以我暫時都不要用那招好了。我是男的。是遠山金次。要提醒自己這點，好好心靈復健一下啊。

雖然日本人習慣近距離搭一般電車，遠距離搭新幹線──但美國人不管到哪裡都是自己開車。因為這裡國土太廣大，沒辦法像日本那樣到處都鋪設鐵路，所以要是沒車就什麼地方都很難去了。

加州沒有GⅢ的據點，因此他引以為傲的超級跑車也是一臺都沒有。而在這國家沒有車就等於沒有腳，於是我們只好從機場搭老舊的接駁巴士晃了五分鐘，來到機場附近的租車店Herts。

這是一家全美連鎖的平價租車行，在枯黃蘇鐵圍繞的砂石地停車場中陳列的車子多半都很實用但外型很土。

然而我家老弟對於挑車子相當囉嗦，還叫店家特地從後面把老車子挖出來……

「哦，這輛就不錯嘛。第七代的凱迪拉克Eldorado敞篷版。防彈輪胎，防彈玻璃，防彈車門──感覺是墨西哥幫派開過的車啊。還有車上音響跟CD播放器。好，就租這臺吧。還有記得要最好的保險。」

就這樣……他竟租了一臺全長將近六公尺，車寬也有兩公尺，幾乎像一艘小船尺寸的敞篷車。

雖然深紅色的車身看起來還不壞，但給人感覺就是徹徹底底的美國車，又長又寬又重。打開引擎蓋裡面的V8汽缸引擎竟有八千兩百西西，排氣量比東京的公車還大。車況看起來也不算太好……甚至有幾個很像彈痕凹陷處修補過的痕跡喔？

「喂，白痴，不要把預算花在這種感覺撞死過兩、三個人的車子上啊。別挑什麼外國車，選這種的不是比較好？」

我伸手指向一旁左駕式的 Toyota Prius 如此抱怨後，GⅢ反而對我一臉氣憤。

「老哥你蠢啊，在這裡日本車才是外國車啦。租那臺還比較貴啊。」

「但是這臺看起來耗油量很凶吧。車重感覺就有兩噸了。」

「是二點二噸。確實應該很吃油啦，不過坐這輛車的好處可是比花掉的油錢還要多喔？而且坐這臺就能盡情享受老哥最喜歡的飛車槍戰啦。」

「我才不喜歡好嗎！」

對於我這樣的吐槽，GⅢ卻毫不理會……

「哦！這車還有裝絞盤哩，應該是把叛徒拖著走的時候用的吧。」

還一副開開心心地確認起凱迪拉克的各處零件。要不要賞他一拳算了？

順道一提，我和GⅢ在風魔面前雖然會用日文交談，不過像現在這樣鬥嘴的時候就會從途中變成比較粗魯的英文。然而風魔似乎還是多少能理解意思的樣子……

「令弟看來很喜歡車子是也。」

結果她就像這樣彷彿表示『既然他那麼中意這輛車，又有什麼關係嘛』地幫忙圓場。唉……算了，隨便他吧。我放棄啦。

後來GⅢ在店內簽契約書的時候，似乎跟我們一樣來自日本——應該是來家族旅行的一對父母與一對高中生左右的兄弟們說著「跟家裡那臺一樣是Corolla呢。」「不過這裡是左駕啊！」並開開心心地租了車走出店門。

載著一臉幸福的太太，以及年紀跟我和GⅢ差不多的那對兄弟……坐在駕駛座上的，是那一家的父親。

我們乘著凱迪拉克，奔馳在天色漸暗的聖塔莫尼卡郊區。

在深紅色的車上手握方向盤的，是戴著墨鏡的GⅢ。

因為是敞篷車，前後左右三百六十度的視野都很良好。這輛車的前後輪距離很長，所以在行進時震動較少，然而遇到彎路的時候就會像巴士一樣大幅傾斜車體。我從以前就覺得GⅢ開車很粗魯，原來那是因為他已經習慣駕駛這種如果動作不大一點就很難控制的美國車啊。

在凱迪拉克右前方，逐漸接近的洛杉磯都市陸續從地平線升起。

閃耀的各式霓虹燈想當然全部都是英文，然而當中還是有像Panasonic或

TOYOTA等等日本企業的招牌，讓人看到就會有點放心呢。

根據儀表板角落的傳統式溫度計顯示，現在氣溫是二十三℃——在這邊或許應該講七十三℉吧？加州因為日照強烈的關係較為溫暖，不過洛杉磯外海的洋流是寒流，不會帶來溼氣。也因此吹到副駕駛座的風相當清爽，實在很舒暢。

透過車內後照鏡可以看到像巴士最後一排座位一樣，是整塊長椅子的皮革車後座上——

「——遇到紅燈也可以右轉的交通規則真是教人驚訝。什麼都和日本不一樣是也。」

對眼前的一切都感到新奇，彷彿不想錯過任何細節似的風魔說著這樣的話。

「道路也是……真希望能夠像日本那樣好好鋪路啊。」

美國明明是個凡事都要開車的國家，道路卻不知道是因為技術太差還是怎樣，到處都是裂痕。而且修補的地方看起來也很隨便，看在日本人眼中不禁會有點恐怖。

「老是去在意那種小事可成就不了大事啊，老哥。」

在那樣破爛的道路上，根本不太遵守車道線的車子們一臺接一臺呼嘯而過的同時——GⅢ在州道1號線大幅度左轉了。

這路線感覺就在即將進入洛杉磯市中心之前與市中心擦肩而過，然後漸漸遠離。

「不進去街上嗎？」

「今天太陽已經要下山了。咱們到路邊找一家MOTEL住一晚，明天再開始搜查吧。」

MOTEL——可以開車進去住宿的飯店是吧。這次的美國之旅在這方面也很美式呢。

GⅢ把車開上一條寬敞的直線道路後，眼前便是淡橘色的分隔線不斷往前延伸的沿海高速公路。右手邊只能看到紅褐色岩石構成的斷崖，不過……

左手邊則是在日落中閃耀著金色光輝的一片大海。

放眼望去到水平線為止都沒有任何岩石或島嶼，非常平靜的海洋大平原。

——是太平洋。東邊的盡頭。

我和風魔都是出生以來第一次在陸地上看到夕陽沉入太平洋中。

「……你說租這輛車的好處，就是這個嗎？」

「很棒的景象吧？」

「雖然要隔著弟弟才能欣賞到，有點美中不足就是了。」

因為是左駕車的緣故，坐在副駕駛座的我——要隔著大概是被我稱為「弟弟」而開心咧嘴一笑的GⅢ，望向大海。

這風景讓人可以體認到，這裡就是廣大北美大陸的最西端啊。

「師父，在下總算在美國發現與日本一樣的東西是也。」

從碰巧成為賞海特別席的寬敞車後座——風魔透過後照鏡對我露出笑臉。

「一樣的東西？啥東西？」

「在美國，海也是海是也。」

聽到風魔這麼說，我和GⅢ都不禁感到好笑起來——就像好萊塢電影中的搭檔一樣相視而笑。

車子開著開著，右手邊的岩石也變得越來越矮，讓我們可以看到遠處的丘陵與山地。

或許是看到我們被逗笑而感到開心的緣故，盤腿坐在後座的風魔笑咪咪地望向那片山。

「山也是山是也。」

「是啊，不過——那座山可是比較特別喔。我也是第一次親眼看到。」

沿著我如此說道並伸出的右手望過去，便是聖莫尼卡山脈當中的李山。

在那裡可以看到從這角度看會呈現波浪狀，讓Y與W疊在一起的『HOLLYWOOD』九個白色文字——也就是好萊塢標誌，在夕陽下閃耀著。

即使從遠處也能清楚看到那張照片中的『D』。

我來到這裡了。

在那巨大文字的山腳下——老爸曾現身在照片的底片中。而我要把他拉出來到現實世界。

畢竟像電影之都好萊塢也實際存在於這裡啊。

大概因為是觀光客較多的旺季，沿路的MOTEL都沒有空房……

不過在洛杉磯西北方相當郊區的地方，我們找到一家『Polo Motel』掛著尚有空房的牌子。雖然這裡的牆壁都被海風吹到脫漆，停車場的柱子甚至有些已經腐朽，但現在太陽早已沉入太平洋中，只好將就一下了。

「波羅 MOTEL——應該叫破鑼 MOTEL 吧？」

「哦哦，師父，好個雙關語。哈哈哈，加一分是也。」

GⅢ聽到我和風魔用日文如此交談，便「陽菜，妳別太寵老哥了。」地嘀咕一聲。呿，難得我講的笑話有人捧場地說。

MOTEL 的大門或許是為了保全的緣故，從外面打不開。我們按下門鈴之後，電子鎖才總算從內側打開——於是我們三人走進氣味聞起來有點像番茄醬的狹窄櫃檯前。

這裡似乎是一間家族經營的 MOTEL，來到櫃檯的是一名年紀比我們還小的黑人女生。聽到我們要住宿，並看到護照後——

「哦！日本人？我知道日本喔！我叔叔有從北京搭電車到東京過呢！」

黑人女生非常友善地跟我們聊了起來。

雖然態度親切是好事，但她在講什麼啦……根本不可能吧？

於是我忍不住對GⅢ用日文抱怨起來：

「搭電車從中國到日本……？這女孩會不會太胡扯了？」

「別生氣啦。知識階級還另當別論，但大部分的美國人對日本……或者說對外國的事情根本啥都不知道。知道的國家頂多就是俄羅斯、中國還有越南、伊拉克之類的。

這女孩這樣是很普通的啦。」

「會不會太無知了點？」

「老哥對美國的州也講不出十個吧？」

「……至……至少講得出十五個啦。」

「順道一提，美國有五十個州。」

原來如此，彼此彼此的意思。不管怎麼說，總之這裡是美國，是日本常識範圍外的世界。

我必須在各種事情上小心注意才行啊。

「聽說在這個一樓有兩間相鄰的空房間是也。」

努力通過了英文會話的考驗並領到兩把鑰匙的風魔如此說道後，我不禁想著『太好啦，這樣就能男女分房睡了』並在內心擺出勝利手勢的同時——

「哦哦，這裡是一樓啊。美國和日本是一樣的。」

我回想起在歐洲會把二樓稱為一樓而讓人搞混的事情，露出苦笑。

接著，我們走進櫃檯的黑人少女手指的走道，在褪色的地毯上走到盡頭……用拿到的鑰匙打開G２跟G３——房號剛好跟我和GⅢ的代碼一樣的房門。

穿著鞋子走進的房間中，鋪有十年前或許還很白的奶油色地毯，上面可以看到不知是打翻什麼東西留下的汙漬，還有大概是香菸掉到地上留下的焦痕。哎呀，住一晚只要三十五美元的房間也就這種等級吧。

如果是亞莉亞來住應該會抱怨一推，但風魔倒是「哦哦，真是不錯的旅館是也。」地表現得很開心。然後點亮擺在牆邊、造型像個問號一樣的落地燈……但落地燈卻因為重心不穩的緣故當場倒下來，害風魔慌慌張張撐住，重新讓它立起來了。

見到她那樣子……

「外國的飯店跟日本有很多不一樣的地方。妳趁現在好好確認一下房間內，如果有什麼不懂的地方就儘管發問。」

我身為出國旅行的前輩，一臉凜然地如此說道。

畢竟等一下身為女生的風魔就要自己一個人睡在這間G2房，而我和GⅢ要睡在隔壁的G3房啊。不過這兩間房間之間有一扇用兩邊鑰匙可以打開的室內門互通，所以感覺也不會很麻煩就是了。

「我去沖個澡就要睡啦。雖然人家常說日本人出國經常會睡不著覺，但疲勞可是會攸關性命。老哥和陽菜都別熬夜太晚啦。」

GⅢ穿過門進到G3房，一屁股坐到沙發上，穿著鞋子就把腳翹起來拆掉附彈匣的小腿槍套。歐美人難道都不會覺得鞋子很髒嗎？

我姑且根據身為武偵的習慣……為了確認窗外的視野等等，用手指稍微拉開顏色刺眼的花紋窗簾。兼具防寒功能的百葉窗本來就有拉起所以能看得很清楚，這房間外面是中庭……或者應該說是一片空地。不是面對道路那一側，相較上比較安全。運氣真好啊。

「師父，不好意思，在下一下子就遇到不懂的事情是也。請問為何在雪隱（註2）中會有火柴……？」

我聽到聲音轉回頭，發現風魔打開洗手間的門——捏起放在備用衛生紙上的一個火柴盒。

「呃……為什麼……點香菸用的嗎？可是那樣應該放在客廳啊……呃～GⅢ，難道美國人洗完手之後是用火柴點火烘乾手嗎？」

剛才還一臉可靠地說過什麼「儘管發問」的我，一下子就遇上不知道的事情，只好大聲向隔壁房間的老弟求助了。真是丟臉。

「那是消臭用的啦。真是老舊的 MOTEL，那就 Good night 啦。」

GⅢ如此告訴我後——「砰」一聲關上G2房與G3房之間的門。

哦～在日本通常是噴芳香劑之類的，不過原來世界上還有用點火柴的方式啊。

……等等……

「嘿！為什麼你要關上門從你那邊！」

慌張到用英文句型大叫日文的我「啪！」地撲到門上，但為時已晚。只有GⅢ有的G3房鑰匙，而鎖已經被鎖上了。

我就這樣被關在原本打算當成男生房間的G3房外面了。WHY！

註2 廁所的古代稱呼。

「為什麼要一個人用那間房間！開門！快開門！」

「什麼叫『為什麼要用這間』？既然有借到兩間房間，不用可惜啊。」

「我不是那個意思！呃、我和風魔、在這邊房間……兩個人、呃……！」

面對這突如其來的——生殖年齡的一對男女同房共寢的危機，我即使想說明也講話變得吞吞吐吐。

相對地，在門另一側的GⅢ卻一副嫌麻煩似地……

「所以我的意思就是老哥你去教陽菜美國房間的事情啦，像浴室要怎麼用之類的。我就算知道，有些東西也可能沒辦法好好翻譯成日文啊。」

他如此說完後，似乎就走進了G3房的浴室。語音通訊中斷……！

（GⅢ……！）

雖然我多多少少猜到了，不過那傢伙比我還缺乏性知識啊……！他完全沒有搞清楚讓一對男女睡在同一個房間究竟帶有多重大的意義！

「……」

……我全身僵硬地……轉回身子……

從廁所走回房間中央的風魔偏偏在這種時候腦袋理解得特別快，接受得也特別快……讓她那塊像圍巾一樣的紅布上面的臉蛋變得比布料還要紅了。

然後彷彿在施展什麼小型分身術似地慌張甩手……

「……在、在下——不會用到床是也！」

結果一下子就把「床」這個關鍵字也說出口了……！

虧我本來還努力不要看過去的說，這下反而害我把注意力都放過去啦！

G2房的床——是長二點五公尺，寬三公尺的大床。

然後就只有這一張。換句話說，這裡是如果要兩個人過夜就必須睡在同一張床、名為『Double（雙人房）』的邪惡房間形式。

「呃不，有床就要用啊……！畢竟在飛機上只能坐著睡，要是不好好恢復體力，明天會很辛苦喔……！」

我說著——用僵硬的動作走向床鋪。所謂的雙人床有時候其實有機會是兩張單人床併在一起而已。尤其廉價飯店經常會用這種偷吃步的手法。如果是那樣就能拆成左右兩張床，切換為『Twin（雙床房）』這樣的優良房間形式。

我一步、兩步地帶著緊張的表情走向床。雖然這樣也會漸漸靠近站在我和床之間的風魔就是了。然後……

風魔滿臉通紅地看著我，一步、兩步地往後退。

結果我和風魔就這樣兩個人一起、一步一步靠近床了。這對師徒是白痴嗎？

「不、不可以呀，師父……雖然現在似乎在入浴中，但令弟就在隔壁房間是也。雖然能擔任與師父陪睡的任務讓在下非常光榮，但至少也等到令弟入睡之後……！」

不知為何雙腳內八的風魔對緩慢接近的我小聲說著莫名其妙的話。雖然我聽不懂詳細內容，但她似乎在想像什麼比我更高等級的事情。

我就像格鬥訓練時估計雙方距離似的，在後退到床邊露出緊張表情的風魔面前一點五公尺的地方停下了腳步。

不行，行不通。有如條理預知般的東西閃過我腦海，讓我預測出要是繼續前進的話，我肯定會在慌張之中絆到腳，然後把風魔推倒在床上。

為了避開那樣的未來，但又要把邪惡的Double改為優良的Twin——

即使轉得很硬，我也必須先改變位置才行。

「……我……我跟妳……說明一下、歐美的浴室……！」

我額頭不斷冒汗的同時，為了改變我、風魔與床鋪的相對位置而像螃蟹一樣橫走，往左邊——也就是浴室的方向走去。

「感激……不盡！」

風魔也跟著往浴室的方向橫走，順利讓床鋪從我和風魔連成的直線上移開了。

這下我就能夠走向風魔，把表情緊張的她帶進浴室中。

但浴室同樣也是男女不應該一起進來的空間，因此風魔紅通通的臉蛋不斷冒出汗水。

不過這裡至少比床鋪好一些，於是我不理會她的反應——把深度很淺的浴缸排水孔塞住，並「嘩啦——」地裝入熱水。

「在歐美的泡澡桶叫作浴缸，本來似乎並不是讓全身都能浸在裡面的東西。但是我們日本人洗澡如果不把全身泡進熱水就沒有洗澡的感覺。因此把這個很淺的泡澡桶裝滿熱水後，只要像躺棺材一樣躺進裡面就能泡澡了。妳先洗吧。」

「可、可以嗎？母親大人教育過在下，女人要讓男人先入浴是也……」

「順序什麼的不重要啦！」

反正到時候我還是要重新裝熱水。因為西洋式的浴室沒有可以洗身體的地方，只能在浴缸內刷洗嘛。

順道一提，風魔的體質上沒有什麼體味，這也是我中意她的一點。然而也不是完全沒有女性的氣味，如果用紅酒來比喻，就像是香氣較弱味道也較淡的薄身酒（Light body）。

既然現在只能和風魔睡同一間房——要是這傢伙入浴不充分，讓雌性氣味瀰漫房內可就麻煩了。到時候我就必須在房間內狂點消臭用的火柴，搞不好會引起火災啊。

「因為浴缸很淺，熱水一下就會裝滿了。可是相對地也比較容易變涼，所以要記得隨時補充熱水，才能泡久一點。」

「在、在下會泡久一點是也。可是這個叫浴缸的泡澡桶容量不大，如果要兩個人進去，必須貼得很緊——」

明明我還在面前，動作僵硬的風魔居然就抓住水手服的上衣——哇啊啊啊！把她意外漂亮的腹部肌膚，還有果然沒穿胸罩的胸部下半部分都露出來了！為什麼！現在！要在我眼前脫掉！而且為什麼在妳腦中會變成是我們兩個人要一起洗澡！連這些吐槽都來不及說出口的我——用反覆側跳般的動作馬上從浴室脫逃出來。

「砰！」一聲關上門後——還不能放心。要是聽到風魔洗澡時的水聲，依然有聽覺造成爆發的風險。因此我就像快槍射擊似地抓起電視遙控器打開ABC新聞頻道，並且把音量轉大。就靠這招掩蓋水聲吧……！

結果隔著薄薄的牆壁……

「吵死啦！把電視關掉！」

似乎一下子就洗完澡的GⅢ如此抗議，讓我當場發飆了。

「就是你害我必須這樣開電視的好嗎！要不然你講些什麼話啊，我現在不想聽到這邊浴室的聲音！」

「……？我想想……那麼關於明天的行程，我們去拍到老爹照片的場所看看吧。」

隨著GⅢ這句話，傳來他「啪沙」一聲躺到床上的聲音。一人獨占床鋪真好啊。

「——哦哦，這點我贊成。就去問問看當地居民好了。雖然已經是兩年前的事情，但畢竟是超級星期二，應該是讓人印象很深的活動才對，居民們肯定也會記得些什麼。老爸的身材又那麼顯眼，只要當時觀看歐巴馬競選車隊的群眾裡有人目擊過老爸……也可能會記得當時老爸的行動。」

反正多虧梅露愛特的推理，我們已經知道那照片中的場所了。就是市中心的卡西塔路——

「……呼啊……」

「喂，GⅢ，還有什麼其他話題嗎？」

「……Zzz……」

居然開始打呼了。這傢伙是晚安三秒的類型啊。而且連晚安都沒說。

話說……

GⅢ這個現象，應該就跟以前貞德回到法國時，還有像我從國外回到日本時感受到的一樣——

他果然在自己母國的美國就是能感到安心吧。

對那傢伙來說，這段長期駐日肯定就像住在外國一樣。再加上他的個性責任感很強，一定隨時都在想著部下的事情而難以安眠吧。

……這樣想想，讓他一個人睡其實也不壞。

就偶爾讓他好好休息一下吧。

如此對著牆壁露出苦笑的我——忽然想到一件事而撲向這房間的雙人床。太好啦……！這果然可以拆成兩張床！廉價旅館萬歲！

我明明那樣辛辛苦苦把床分成兩張，還把床單都重新鋪好的說……

可是在我躲進廁所的這段期間換上睡衣，或者應該說是換上另一套水手服的風魔——遵從我事前嚴格命令「在我洗完澡出來之前妳就給我上床睡覺，絕對。」的內容，當我從浴室出來的時候，居然就看到她在床上用盤腿打坐的姿勢睡著了。

我本來還擔心她用那種姿勢睡覺會不會無法消除疲勞……不過我以前好像有聽說

過……風魔從小就受母親訓練坐著睡覺，因此躺下來反而會睡不好什麼的。我是搞不太懂啦，但既然是風魔也就沒什麼好奇怪了。雖然盤腿的姿勢會讓人在意裙子底下，不過只要把落地燈關暗一點就沒問題。好，我也睡吧。

——至今好幾次往來海外的時候，我無論在出國時或者回國時都因為時差的緣故犯下過嚴重的錯誤。像我高中留級的遠因也可以歸咎到我因為時差在綴的課堂上打瞌睡的關係。這次我不能再失敗了。

就這樣，雖然現在日本時間是大中午，但我還是努力讓自己睡覺……用相當古典的數羊方式……

很好……漸漸地……

我感覺、想睡……了……

…………

………

……

「……師父……嗚嗚……」

我耳邊忽然聽到這樣喃喃細語的聲音——結果立刻彈起來，用槍戰般的動作滾出床鋪。或者應該說是摔下床鋪，害我後腦敲到地板痛死了。搞什麼啦……！

痛到眼花的我仔細一看，剛才還坐在自己床上的風魔居然用四肢爬動的姿勢趴在我床上。而且在昏暗的光線之中，她眼眶盈淚，臉頰泛紅，露出難受的表情。這是什麼狀況？超恐怖，我超怕這種情景啊。黑夜＋床＋表情難受的女人＝恐怖。這可是遠山金次公式啊。

「幹什麼啦？我不是叫妳睡覺嗎……！」

「因、因為……在下感到……想要小、小解……可是擔心美國的黑夜中鬼怪現身的方式會不會和日本不同，就怕得不敢去雪隱……」

意思是她想小便，可是因為很暗所以怕鬼嗎？

我記得忍者的工作應該就是要躲在黑暗中行動吧？

「受不了，妳這菜鳥忍者。」

「……實在不好意思……！」

大概是感到非常丟臉的緣故，風魔遮掩著自己快要哭出來的臉蛋。而我在不得已之下拉著她的袖子，帶她到洗手間——但又怕隔著門聽到她脫下緊身短褲之類的聲音，於是靠幼稚園運動會時唱著〈鄰家的龍貓〉片尾曲〈散步〉並踏步的方法，讓自己聽不到一切風魔音。雖然因此又被鄰家的GⅢ「吵死啦！」地踹了一下牆壁，不過以前被女山賊們（巴斯克維爾小隊）住進我房間時很有用的這招在這次也成功奏效，在我還沒受到爆發傷害之前，風魔就扭扭捏捏回到房間了。

因為恐怖體驗加上踏步運動而徹底醒過來的我……看看牆上的時鐘……

「我是個對時差很弱的人。今晚要不就是通宵，要不就是念書到想睡再睡了。要是我到了早上八點時在睡覺，妳就把我叫醒吧。」

對風魔如此說道後，我便拖著腳步走向離床鋪較遠的桌子邊了。

到了早上七點總算睡著的我，一個小時後就被風魔在耳邊「咕咕咕～是也！」地叫醒了。還真是有夠獨特的叫醒方式啊，耳朵超痛的。

早起的GⅢ開車到Trader Joe's超市買來一袋加州米，於是風魔用旅館房間的瓦斯爐與鍋子煮成稀飯——像這時候就要感謝有女人了——然後我們吃完早餐，便開著凱迪拉克離開了MOTEL。

在今天同樣晴朗無比的天空下，我們開車前往老爸被拍到照片的卡西塔路9號。可是……從北側進入洛杉磯市區後，我們很快就遇上了堵車。是大家都理所當然開自家車上班的美國特有的交通尖峰時段啊。

對洛杉磯不熟的GⅢ雖然把車轉向比佛利山的方向，但這邊同樣都是上班車潮。西岸地區雖然在電影或電視劇中經常被描寫成時尚美麗的城市，不過如果拿東京比喻就有點像是自由之丘或吉祥寺地區。因為太熱門的緣故，如今反而變得人口太多而住起來不舒服了。

就連當地的滑板少年都超過了我們的車子，於是我們決定把凱迪拉克停到路邊——然後GⅢ把手頭上全部的二十五分硬幣都投進只吃二十五分硬幣而非常不便的停車計時器中。

「畢竟要是違規停車被條子纏上就很麻煩。從現在起時限六個小時。」

GⅢ看著顯示可停車時間的計時表指針並如此說道後……我們便靠著徒步或搭地下鐵前往市中心了。

根據寫有路名的路標，這條路叫 Hillside Avenue，是好萊塢郊外啊。怪不得好萊塢標誌看起來那麼大。

好萊塢是電影之城——但如今應該說是靠電影當賣點的觀光地會比較正確。當地居民通常敬而遠之，路上都是中國人的觀光團、歐洲人的背包客還有日本人們在採購紀念品。另外也有很多未經許可穿著角色扮演服在路邊跟觀光客拍照，並要求收費的蜘蛛人或瑪麗蓮夢露呢。

色彩鮮豔的招牌和建築物都花俏得讓我不太喜歡，感覺太傷眼睛了。這種色彩審美觀真的就跟美國動畫一樣啊。在這方面來講，義大利那種喜好有深度的暗色的審美觀跟我比較合呢。

以舉辦過奧斯卡頒獎典禮而出名的中國戲院——前的廣場上，可以看到腳下的地磚留有許多手印跟腳印。當中有湯姆．漢克斯、丹佐．華盛頓、阿諾．史瓦辛格等等，都是響噹噹的好萊塢巨星們。這可厲害了，我要用手機拍照留念才行。

「老哥，陽菜，你們知道這是誰嗎？」

GⅢ一臉賊笑地指向一處腳印……這是啥？四四方方的三個腳印。有哪個超一流的影星是三隻腳的嗎？

「說來慚愧，在下其實對電影不熟……此人芳名叫『R2・D2』大人是也。」

聽到風魔念出刻在地磚上的名字，我當場摔了一跤。那是電影『星際大戰』中登場的那個形狀像垃圾桶一樣的機器人啊。原來如此，那確實是三隻腳沒錯。

另外……

「達斯・維達的腳意外地很小啊。哇喔！摩根・費里曼的手居然這麼大……！」

「娜妲麗・華人人的腳印跟在下差不多是也。」

忍不住變成觀光氣氛的我們，接著又跑到GⅢ說「這裡是布魯斯・威利向黛咪・摩爾求婚的店」，並用拇指指的一間熱狗店『PINK'S』，明明早餐才剛吃過稀飯卻又點了起司熱狗外帶，邊吃邊走在好萊塢街上。這熱狗雖然很大一份，不過我和GⅢ自然不用講，連風魔也一口接一口吃光了。我家徒弟意外地很會吃呢。

後來我們總算在觀光客人擠人的路上找到標示地下鐵的『M』字柱子——走下地鐵紅線的Hollywood／Highland車站。

進入塵埃飛舞的車站內，GⅢ在購票機幫我們買來車票。在有點髒的月臺邊等了一下，呈現黯淡銀色的電車便在沒有任何廣播之中開進車站了。

當我們在好萊塢閒逛的時候，尖峰時段已經過去，讓我們一路到位於市中心的Civic Center／Grand Park車站都能坐在位子上。然後搭乘運轉聲音有點吵的手扶梯來到地面上一看——商業大樓、商店、公園、華人街與日本街混雜的洛城市中心，給人感覺很像東京的池袋或澀谷。

由GⅢ帶路下，我們在當地居民很多的那塊地區走了約十分鐘……

——進入了通往那張照片中街角處的卡西塔路。

我親自來到現場才發現，這是一條感覺治安不太好的路。於是我按照以前在香港向珍先生學的，從路邊小攤販買了一份報紙交給風魔，讓她偽裝成當地居民。

就這樣，我們總算抵達了照片中的9號地交叉路口。

可是——

「奇怪……是這裡吧？」

「是啊，應該是這裡沒錯啊……」

我和GⅢ都確認著照片並環顧四周。

雖然從街道縫隙間可以看到遠處只有『D』的好萊塢標誌是一樣的，但到處都找不到照片裡的住宅公寓，只有一棟看起來應該是T-Mobile分店的辦公室大樓。

「Excuse me是也。請容在下詢問一事……」

即使講英文也硬要插入『是也』的風魔，叫住一名看起來像當地居民的老太太。

因為對方感覺應該在這裡住了很久的樣子，於是……

「我們在找這個地方。」

我亮出照片如此詢問後……

「哦哦，這裡呀。那棟大樓很古老，去年改建啦。」

將遠近兩用眼鏡移了一下位置的白人老太太便對我們這麼說道。

這棟住宅公寓……原來已經沒有啦。

「照片中的這位東洋人，請問妳有印象嗎？其實我在找我的父親……他被人稱作Orgo 或是 Silent Orgo。」

聽到我接著這麼詢問……

「NO……對不起，我住的地方離這裡有點遠。」

老婆婆一臉感到抱歉地留下這句話後，便離開了。

「……我本來想說要問問看公寓居民的，但這下看來行不通啦。」

即使看向周圍，除了那棟已經不存在的公寓以外，也沒有其他感覺有人住過很久的住宅。

不過還是有幾間應該從很久以前就有的店家，於是我們一間一間詢問店員們。然而……他們的回答又是「前年的超級星期二？我只記得很吵而已。」又是「那天從整個加州都有人跑來，照片裡拍到的人應該也不是全都住在這裡喔。」又是「既然在找人就去拜託警察呀？比起那種事，買個薄荷冰淇淋吧。」等等，一點線索都得不到。

雖然我也很想像冰店老闆娘說的去拜託警察，但要是因此情報外流也很頭痛。『有人在找寂靜之鬼』的事情對於美國當局來說搞不好會有什麼不妥。萬一我們因為這樣反過來遭到政府搜查就麻煩了。

「搜查行動一下就觸礁啦……雖然這也在我的預料範圍內就是了。」

「師父，請問該如何是好？」

GⅢ與風魔一邊吃著薄荷冰淇淋，一邊露出傷腦筋的表情。然而在偵探科刻苦學習過的我則是「這才只是剛開始而已啦」地聳聳肩膀。

「探聽搜查靠的不是耳朵，而是雙腳。我們就把範圍擴大，進行地毯式搜查吧。要抱著今天只要能抓到一點頭緒就夠的想法。有時候只要能查到一項情報，就能連鎖式地知道各種事情啦。」

我套用高天原佑彩老師教過的話如此說道後——以那個交叉路口為中心指示GⅢ負責北邊，我負責南邊，抱著耐心繼續對周邊居民進行探聽。

至於在英文對話上比較讓人不安的風魔，我則是指派她去尋找任何與兩年前總統大選有關的痕跡。真要講起來，我並沒有期待她獲得什麼成果，主要目的是為了讓她自己到處走走，早點習慣美國的土地。畢竟我有種預感，這次的搜查行動應該會很長啊。

解散落單之後，我到各處拜訪看起來應該從以前就存在的商店與住家，探聽關於超級星期二當天的事情。或許是國民特性的關係，洛杉磯市民對於不是警察的我也願意很開放地交談。

然而……即使過了中午甚至快要到黃昏，我都沒有得到任何有意義的情報。在像是川越市的小江戶一樣建有一座木造高塔的小東京，我還被一名會講日文的百貨公司店員一直推銷名牌貨，煩得要死啦。

在裝飾時尚的商店街，我一邊喝著在路邊買來的維他命飲料——一邊打電話給GIII，但他那邊也毫無收穫，感覺已經束手無策了。我只好告訴他「靜待時機嘗試下一個方法吧。別著急，現在先忍住。」後掛斷電話……結果風魔剛好打電話來了。

「——怎麼啦？妳發現什麼了嗎？」

我接起電話如此詢問後……

『呃、那個……在下為了不要迷路，沿路都有丟五色米在路上……可是米卻消失，讓在下迷路了是也……』

聽到風魔扭扭捏捏地這麼說道，害我當場虛脫了。

所謂的五色米是塗成紅色或藍色等等顏色的米粒，而風魔會將它們放在轉角處當成路標。可是那忍術……我也不知道能不能稱為忍術啦……總之那招從以前就經常因為米粒被麻雀吃掉而失敗。而洛杉磯的鴿子也很多啊。

「受不了。那妳暫時先搭計程車回到剛才的十字路口去吧。妳身上有錢嗎？」

『因為在下還不熟悉異國，所以只會帶零錢包在身上是也。可是……錢、錢包……錢包、錢包不見了是也！綁在上面的繩子被剪刀之類的東西剪斷——然後錢包被偷走了是也！』

……所謂的忍者真要講起來應該是偷人東西的那一邊才對吧……

「妳也夠了。我去接妳啦。妳在哪裡？」

『嗚嗚……那個，在下也不清楚……不過可以看到一座公園。』

「光只有這樣也太難找了。對啦，妳之前在成田機場時包包裡有帶蒼耳子型的發信器對吧？現在也帶在身上嗎？」

『——有在身上是也。』

「我手機裡也有裝那個探查軟體，我就用那個去找妳。別亂跑啦。」

結束通話後我啟動軟體，一段GPRS通訊之後 Google 地圖上便顯示出風魔的位置。美國、加州、洛杉磯、市中心……地圖擴大到這邊都還算順利，但——或許是GPS誤差的緣故，估測範圍只能縮小到半徑五十公尺左右而已。

不過在那範圍內有一座叫 Emanuel Park 的公園。就到那邊找找吧。

磚塊、柏油、水泥。我走在洛杉磯市中心鋪設材料毫無統一感的路上，最後來到一座公園——或者應該說是像一塊廣場的地方。

為了預防意外事故，美國的公園很少有日本公園那樣的遊樂設施。像這裡就完全沒有。

因為自動販賣機會被人破壞偷錢的關係，這裡取而代之地有一家裝飾嚇人的小賣店，賣椒鹽卷餅……一種形狀像漢字『丙』的麵包餅，以及寶特瓶裝的水。然而店內卻看不到人，讓我感到疑惑地張望四周，才發現大概是店員的西班牙裔男子坐在屋頂上，不知在眺望什麼東西。

於是我順著他的視線望過去，便看到有一群人聚在一起熱熱鬧鬧的。

「他們在看什麼？」
我對屋頂上如此詢問後，店員男子回答了我一句「有忍者」。
我當場有種非常不好的預感，於是撥開身材肥胖的白人、一對黑人情侶、理平頭戴眼鏡的亞裔男子，來到人群中央一看……
「水遁之術！」
從水手服袖口中伸出一把紅白扇子打開來，再從扇子上「嘩啦——」地噴出水，然後有一點得意地接受觀眾們歡呼喝采的風魔就站在那裡。
那招水遁之術，或者應該說水藝雜耍，不就是妳以前在強襲科的交流會上大受差評的表演嗎？
那只不過是先把水含在口中，然後從遮口布底下沿一條穿過袖子的隱藏水管噴出來而已。
然而即便是那樣無聊的雜耍，對於喜歡看表演，或者應該說喜歡忍者的美國人來說還是大受歡迎。大家紛紛把零錢與一美元鈔票投進應該是風魔擺在地上的鳳梨罐頭空罐中。
「啊——師父！實在慚愧……！在下想說萬一師父找不到人時，在下也可以搭計程車，所以在這裡募集了一些計程車費是也。」
風魔注意到我，便把鳳梨罐頭撿了起來。而我則是走向她面前……
「……妳從以前就是這樣，有自己的一套生存能力啊。話說回來，現場這些觀眾可以好好利用一下。畢竟這些人是當地居民的比率將近是百分之百，可以一口氣探聽情報啊。做得好。」

如此說道後，我轉身面向聚集在場的當地居民們。結果風魔對我說了一句「既然這樣……師父，煩請你幫忙翻譯成英文是也。」之後，高舉起罐頭……

「在下們正在尋找一位曾經來過這座城市、名叫『寂靜之鬼（Silent Orgo）』的人物是也。在下向各位募集金錢便是為了籌措資金。在場若有人知道情報，懇請站出來提供線索。這些錢就當成獎金，贈送給提供了最有意義情報的人是也。」

聽到她這麼說完……

我稍微想了一下，但一方面也考慮到在場眾人的注目——於是鼓起勇氣把風魔剛才這段話翻譯成英文，大聲告訴聚集在現場的觀眾們。

如果靠金錢收集情報，經常都會遇到為了拿錢而隨便提供的假情報。不過我在武偵高中的偵探科也有學過最低限度分辨出情報真假的方法，而且……反正照剛才的狀況我們也是束手無策。既然現在難得有這個機會，就任何方法都嘗試看看，或許可以扭轉情況。

觀眾們為了那看起來應該有五十美元左右的獎金而騷動起來，紛紛「他們說在找誰？」「Silent Orgo——有人知道嗎？」地交談討論。可是……

始終沒有人站出來。看來這邊也落空啦。

「……唔……實在遺憾是也……」

「這本來就在預料範圍內啦。但如果這件事在街上成為謠言，或許就會有人主動聯絡我們也說不定。順便在這裡把手機號碼也公開出去吧。」

正當我和風魔感到有點失望的時候，站在最前排看著風魔的——一名年約三歲、髮色呈現深金色的男孩子……

「嗚……嗚哇啊啊啊！」

被臉上都是金屬裝飾、忽然準備離開的媽媽從背後抱起來，並嚎啕大哭。感覺他是從剛才就在忍耐的樣子，哭得異常大聲。

我一開始還以為是因為小男孩不想從公園回家的關係，但就在那對母子快要消失在人群另一側的時候——

「Silent Orgo 要過來？我不要！我又沒有做壞事！」

「他不會來的。不要擔心。」

我聽到他們這段對話，趕緊把頭轉過去。

他們居然知道。

知道 Silent Orgo——我父親遠山金叉的稱號……！

「——！」

雖然因為那對母子的英文口音很重，風魔似乎沒聽懂而愣在原地——但我則是急忙奔向那對母子。

但聚集在場的人群太礙事……糟糕，來不及了！

我衝出公園環顧四周，卻看不到人影。因為在美國要是抱著哭泣的小孩可能會被人懷疑是虐待而報警，所以那媽媽或許是找地方躲起來了。於是我也衝到小巷子或地下街找了一下，明明那位年輕媽媽打扮得很顯眼——我卻怎麼找都找不到。

這時我才注意到一件事，忍不住咂了一下舌頭。

剛才那小男孩明明哭得很凶，卻很快就沒聽到他的聲音。

——這代表他們是開車回去了。在這國家即使只是帶小孩去公園玩也會開車出門啊。

該死……！一時的慌張讓我失去正確的判斷能力了。

「……」

那對母子的英文帶有很重的義大利口音，大概是義大利裔的移民。

代表『鬼』的 Orgo 這個詞，就是源自義大利文。難道那小孩單純是聽懂『鬼』這個字而感到害怕的嗎？

不，可是那小孩很明確地說過『Silent Orgo 要過來？』這句話——

「——師父，請問發生什麼事了！」

因為我慌慌張張奔出公園的關係，風魔也追了上來……於是我先讓剛才到處奔跑而變得急促的呼吸緩和下來後，看看手錶——

「……線索在義大利街。不過我們或許等一段時間再過去調查會比較好。而且要是不去開車，停車費應該也快不夠了。今天就先回去吧。」

「遵命。請問是知道了些什麼嗎……？」

「是有看到一點尾巴——但是沒有抓到。With the first shot（一發必中）果然不是一件容易的事情啊。」

我說著，便拿出手機聯絡GⅢ收工了。

6彈　虎穴迷宮

我們三人回到破鑼 MOTEL 後，把回程時從超市買來的冷凍比薩加熱當成晚餐。

我選的是包裝上寫『紐約風海鮮口味』的比薩，可是油膩膩的超難吃。話說配料中這些烤到熟透的鮪魚……從脂肪量來想應該是鮪魚肚吧？我知道歐美人不太吃生魚啦，但是把鮪魚肚拿去烤也太浪費了。

「調查了一整天，收穫只有老哥找到的那對母子啊。而且那線索也不算可靠……話說回來，蹤跡也太少了吧。老爹的體型就算看在美國人眼中也是屬於塊頭較大的類型，應該會有人留下印象才對的說。」

「——應該是故意不留下蹤跡的吧。**讓自己不會留在別人記憶中**。如果是老爸應該可以辦到這點。」

「真是厲害……就算忍者也很難辦到這點是也。」

就在我們一邊交談，一邊吃著比薩配罐裝可樂的時候——房間電話響起。於是我接起來……

『嗨～你們有外線電話呦～是個叫 Hitomi Maeda 的女人。要接嗎～？』

守在櫃檯的黑人少女在電話中如此說道。前田瞳（Maeda Hitomi）是茉斬的假名。因為日本的手機在美國有時候會因為通訊規格或電信公司等因素無法使用，所以我為了保險起見，事先透過電子郵件把 MOTEL 的電話號碼告訴茉斬了。

我們立刻中斷用餐，聚集到切換成免持模式的市內電話邊——

『進展如何？』

是日文。或許對方是經由傳統電話線聯絡的關係而帶有一點雜音，但確實是茉斬的聲音。應該不會有問題。

「雖然是在預料範圍內，不過目標真的幾乎沒有留下什麼蹤跡。但我們會繼續留在洛杉磯調查。妳那邊如何？」

『很順利。明天我會離開紐約到北方去。』

「妳說順利是什麼順利啦？稍微再共享一下情報行不行。話說北方是哪裡？」

我講到一半的時候——通話雜訊的音域稍微下降。就在那瞬間，喀嚓！GⅢ按下免持通話鈕切斷了通話。

「——是竊聽。我們馬上換一家 MOTEL。」

「咦？」

「什麼？」

看到GⅢ立刻到隔壁房間整理起行李的樣子，我和風魔都不禁瞪大眼睛。

「你確定？是被誰竊聽了？」

「誰曉得？但對方肯定是專家。感覺不是透過那臺電話，而是在線路途中的某個點攔截通話的。要不是我，搞不好就會漏聽切換頻率時的雜音啦。」

我雖然感到懷疑，不過從GⅢ的講法聽起來應該確實是遭到竊聽了吧。

話說居然會在這個時間點遭到竊聽——對方究竟是何方神聖？真教人毛骨悚然。

既然要換地方住，就到明天要調查的義大利街（小義大利）附近吧。我如此提議後——因為晚上車子很少的關係，由GⅢ駕駛的凱迪拉克很快就進入了南洛杉磯。小義大利就位於這塊以治安很差出名的地區邊緣的高地上。

因為是敞篷車的關係，讓我可以清楚掌握到周圍的狀況。這裡似乎是從古早就存在的移民們聚集的地方，燈光零零星星的公寓外牆上可以看到我之前在羅馬也看過的雕刻裝飾，給人有年代的感覺。

窩在人行道邊感覺像無業遊民的人，看起來似乎有嗑藥的人，穿著單薄地聚在一起聊天的妖豔大姐們……從這些景象推測，這地區應該怎麼說也稱不上是繁榮吧。

在這裡見到的幾乎都是身材較矮的白人，五官深邃，金髮與碧眼的顏色都較深。在羅馬居住過一段時間的我多多少少可以看得出來——雖然不清楚是第幾代，不過他們確實給人有種繼承了義大利人血統的印象。但畢竟現在夜已深，沿路當然都沒看到公園那對母子的身影。

就在我和風魔仔細尋找周圍的時候——

「呃，快沒油啦。」

開車的GⅢ看著儀表板抓了抓後腦袋。明明我也沒告訴過他，可是他傷腦筋時的習慣動作卻跟我一樣呢。

「已經沒啦？不愧是美國車，超耗油的。」

「是那間小氣的租車行原本就沒加多少油在裡面啦。去找MOTEL之前，我們先去那間Texaco吧。」

GⅢ說著，把凱迪拉克開進一間二十四小時營業的加油站。

加油站到處破破爛爛的，而且開在一起的購物區——也就是便利商店還貼有應該是為了遮掩彈痕用的藍色膠帶。

美國的加油站基本上都是自助式，於是GⅢ將加油槍插入凱迪拉克的油箱口並固定起來。因為就算把手放開加油槍也會繼續加油，所以我們把車丟著，走進站內商店。

「那個……請問放著不管沒問題嗎？看起來好像有點在震動是也。」

「只要油箱裝滿，它就會自動停下來啦。」

「話說這臺加油機，運作聲音會不會太大啦……？喀達喀達的……」

「別在意。拜託你們兩個稍微再習慣一下美國吧？不過的確，這裡感覺是一家開了超久的加油站。有看到掛在天花板的那個顯示加了幾升油的巨大計量表吧？那在日本或許很常見，但是在美國可是很稀奇的。應該是從店員還會幫客人加油的時代就裝在那邊啦。」

在因為晚間溫度很溫暖所以店門敞開的店內，我們聽著GⅢ說明那種小知識的同時……因為剛才冷凍比薩只吃到一半的關係，買了在美國也有賣的罐裝美祿補充營養。感覺就像跟著車子一起在加油。

在店家深處，肥胖白人大叔的店長正在觀看電視的運動節目。大聯盟的新聞中還有報導洛杉磯天使隊的松井秀喜呢。

節目進入廣告後，我把視線移向窗外……又有一臺黑色的大廂型車開進加油站了。是美國的國民車——福特E150。

也會被當成郵局車、救護車或是SWAT人員運輸車的福特E系列——巨大的車體上映出附近店家的霓虹燈，反射五顏六色的光芒。不禁聯想到之前在首都高那臺暴走卡車的我對那輛車看著看著——從凱迪拉克的方向忽然傳來「喀咚」一聲，懸掛在天花板的計量表停了下來。代表汽油加滿了。

於是我們三人走出店外，GⅢ到加油機旁拿出信用卡付帳。剛才被GⅢ唸過的風魔也在一旁看著，觀摩美國加油站的使用方式。而我則是從凱迪拉克的油箱口拔出加油槍後，好奇究竟加了幾升油而抬頭看向天花板的計量表。結果……

（……？）

其他的計量表全部都是零，代表剛才進來那臺福特的黑色廂型車沒有在加油。那究竟是來做什麼的？

就在我皺起眉頭的瞬間——

碰——啪！

在我身邊的凱迪拉克車窗上出現了蜘蛛網形狀的裂痕。

——是槍擊——！

應該是.44麥格農彈。要不是這輛車裝的是防彈玻璃，那子彈就直接命中我腹部了。即使隔著防彈制服，也免不了內臟破裂啊。

我當場冒出冷汗的同時，反射性地拔出貝瑞塔蹲到凱迪拉克車身後面。

「師父！」

「喂，老哥！」

大概是我這動作看起來像中彈的緣故，風魔與GⅢ都趕緊奔到我身邊。

我用視線告訴那兩人『我沒事』的同時，緊接著又傳來第二、第三發槍響。磅！磅磅！凱迪拉克的車體彷彿被踹似地搖晃著。然後——

「——不准調查Orgo的事情！」

從福特車的方向傳來粗厚的大喊聲。

藉由便利商店的玻璃窗反射，可以看到三名用露眼帽遮住臉部的白人——握著左輪手槍從福特車左右打開的後車廂門走出來。打開副駕駛座車門但繼續坐在車內的胖黑人手中握的則是烏茲……不對，是儒格MP9啊。真不好對付。

「……看來在公園的那件事宣傳出去了。雖然被開槍讓我冒了點冷汗，不過搜查行動似乎會有所進展的樣子，算好事一件吧。」

「不枉費我們跑來小義大利啦。可是老哥，這下怎麼辦？衝鋒槍可是很麻煩的。居然在加油站——這種到處是揮發物的地方拿出那種玩意，可見是外行人啊。」

GⅢ也如此說著，咂了一下舌頭……在我們這個業界，如果遇上那種專家絕對不會做的事情也會隨便亂搞的外行人，反而會更棘手。

「剛才竊聽電話的是這些傢伙嗎？明明竊聽技術那麼好的說，真是缺乏平衡性的一群傢伙。」

對於不斷朝著防彈車輛浪費子彈的那些美國人，我不禁嘆了一口氣。

然而現在我和GⅢ都不是爆發模式。而對手似乎帶了很多子彈來，形成有點像彈幕的狀態，害我們只能躲在車後動彈不得。

正當我「嗯……」地思考著對策的時候……

「就讓在下嚇唬對手讓他們收手吧。GⅢ大人，煩請你幫忙翻譯是也。」

單腳跪地的風魔把雙手圈成像擴音器的形狀後……

「——你們這群不肖之徒，難道不知道自己惹到什麼人物嗎！在下這位師父可是前S級的武偵——遠山金次大人是也！只要師父出手，你們這種貨色根本不堪一擊！如果你們即便如此也依然想被疼愛一番，就給在下做好覺悟是也！」

喂妳等一下，我現在是普通狀態啊！

啊啊啊，連GⅢ都大聲幫忙翻譯了……

順道一提，風魔雖然有目擊過好幾次我進入爆發模式的樣子，但因為她是個毫無性知識的女生——所以完全沒注意到我爆發的導火線，頂多只認為我是『認真起來就很強的人』而已。

「順道一提，在下說的『疼愛』是委婉表現，可別以為只會被摸摸頭就了事是也！」

連她這句多餘的額外補充，GⅢ也全都翻譯成英文了。而且GⅢ大概是擔心只有風魔在稱讚我的話，我或許只會偏袒風魔的緣故，結果……

「沒錯沒錯！你們這種小貨色少來煩人！我老哥可是在中國跟英國都幹出很多事情，搞到被下令禁止入境的世界級壞蛋！就連進入美國的時候也費了很大一番功夫啊！」

如此這般——因為對我的信賴過頭，而毫不猶豫地拿我的存在嚇唬對手。

「喂，GⅢ！我可是很有守法精神的人啊。還有英國的禁止入境命令也已經透過王子大人的人脈解除了啦，應該……！」

我雖然這樣小聲吐槽，但風魔和GⅢ之間不知是萌生了什麼奇怪的競爭心態，繼續「師父可是即使被人下毒也能靠正露丸就治好的男人是也！」「老哥是靠徒手就解決了日本黑道的男人！」「就算被蛇咬也貼個ＯＫ繃便治好了！」「而且靠腳踢就把飢餓的猛虎給趕跑了喔！」地一句接一句宣傳那些讓我留下恐懼症的英勇事蹟。

也許是內容太過莫名其妙的緣故……對方始終沒有進攻過來，或者應該說是感到困惑了吧。因此……

「呃～……總之就是這樣……喂，你們這群傢伙！雖然自己講這種話也很怪，但我勸你們最好別惹我。給我把槍收起來，乖乖招出你們知道關於 Silent Orgo 的事情。這樣我就不取你們的小命。」

我也跟上這個嚇唬對手的手法，如此說道。

然而對方的回應則是——

「滾出這城市！」

伴隨這叫喊聲的一場槍林彈雨。

（啊啊～店長先生，真是抱歉喔……）

不過我轉頭一看，或許槍戰在這地區是家常便飯的關係……便利商店內的胖店長一副習以為常地鑽到櫃檯底下躲起來了。

「……美國果然是個槍械國家，只能靠槍對話是也。」

以防彈車為盾的風魔從西陣織布料的行李包裹中抽出火繩槍……用口袋掏出來的百元打火機點燃整支槍唯一有女生感的紅色火繩。

接著又拿出像紙香腸一樣的紙製彈殼拆開來，將包在裡面的火藥與鉛彈從槍口裝入槍管內，再用一根細桿子把它們推進深處，「啪」一聲掀開防火蓋，拿出形狀像美乃滋容器的皮製火藥瓶，「沙沙」地把導火用火藥倒進火皿。

雖然她這些動作都很熟練……但到這邊還是花了十五秒左右，讓凱迪拉克多吃了二十發子彈。

她接著又暫時把火皿上的防火蓋闔上，「呼、呼」地把火繩的火吹旺……乾脆用打火機直接點燃導火用的火藥不是比較快嗎？正當我這麼想的時候……

「那麼在下要反擊了。」

風魔保持跪姿，從車盾後面「唰」一聲露出肩膀以上的部分。

然後把槍口瞄準敵人，重新打開防火蓋。但就在這時，對方已經朝風魔「磅！」地開了一槍。

啪！當場被子彈擊中的——是不知不覺間和風魔掉換了位置的空鐵桶。是我在新橫濱的竹林也見識過的替身之術。風魔本身則是沒來得及開槍就逃走，讓火繩槍掉到地面上……「磅！」一聲走火了。鉛彈還擦過我鞋子邊飛過去，超危險的！

當場腳軟的我從蹲姿往前倒下——的同時，風魔從車子下方滾啊滾地滾回來，讓我的臉部就剛好撲倒在她的下半身。

如果只是這樣，還可以當成是槍戰中的有趣意外……但一點都不有趣的是，我的臉撲到的地方，是風魔全開的裙子底下。

說是裙子底下其實也分成很多地區。而我的臉部降落的地點——即使不是最差的區域，但也是一塊相當不好的平原。就是風魔的肚臍下方——下腹部地區。

先讓我為自己辯解一下，這不是我故意的。甚至應該說是風魔故意用自己身體較柔軟的部分接住我頭部，也因此讓我整張臉都埋在她的下腹部了。

「師、師父……嗯……」

仰著身體看向我的風魔因為被我的頭，或者應該說被我的臉壓迫到下腹部，而發出一時呼吸困難的聲音。

臉部被埋住的我同樣也感到呼吸困難，不過就讓我先冷靜分析一下現在的狀況吧。雖然槍戰還在持續啦。

女生身體的肚臍以下、雙腿以上——這個倒三角形地帶通常會被同樣呈現倒三角形的女性內褲包覆住。

根據過去的經驗可以知道，我的β腦內啡不只是對肉體而已，對內褲也會產生反應。若今天換成一般女生，當我這張不幸的臉部與這塊柔軟區域緊貼的瞬間肯定就難逃爆發的命運了吧。

然而風魔平常下半身穿的是緊身短褲。那是即使當成外搭褲也能受到社會容許，算是短褲性質的東西。因此我不會因為這玩意而爆發。

原本我是這麼認為的，可是——

風魔的緊身短褲是用TNK纖維與PU纖維混合的布料製成的。肌膚觸感就像泳衣內襯一樣舒服，而且薄到我的肌膚能夠直接感受到風魔的體溫，柔軟的伸縮性又能將她身體表面的形狀完全顯現出來。另外我從以前就因為風魔的緊身短褲表面看不到內褲造成的起伏線條而懷疑她在底下沒有穿任何東西，然後這次透過觸覺也讓我確定了這件事。觸覺促進爆發，爆發又促進觸覺，讓我臉部的皮膚感覺變得像掃描儀器般敏銳，不只是風魔肚臍下方三角區域既柔嫩又緊實的感覺而已，就連皮膚的膠原蛋

白、汗毛與汗腺等等全都能夠清楚掌握。

我用伏地挺身似的動作把臉部從風魔身體上撐起來後……

「——噗哈！」

「嗚、師、師父……！請問你沒事吧？」

剛才被我壓在下面，只能仰天保持奇怪姿勢的風魔——把腳放下來，將掀開的裙子恢復原狀後，臉頰泛紅地對我如此詢問。

我則是拋個媚眼回應她後，恢復單腳跪下的姿勢確認GⅢ的狀況。結果……GⅢ打開凱迪拉克靠我們這一側的車門，從車上音響中拿出CD，像丟飛盤一樣丟向店內。

「要是放著這群白痴們繼續開槍，遲早會汽油爆炸啦！如果你不想讓這悲劇登上電視新聞，就給我在站內播放那塊CD！」

CD剛好夾到堆在店內櫃檯上的洋芋片袋子間，於是店長伸出他粗胖的手將CD拿走了。

雖然我搞不太懂GⅢ在幹什麼……但反正他應該也搞不懂我在做什麼，就放任他吧。

「——裝下一發子彈需要十五秒是也！」

似乎因為火藥使用的是現代的火藥粉，所以風魔不需要每開一槍就清理一次槍管的樣子。然而……要是慢慢等她裝彈，搞不好真的就會像GⅢ所說的，讓敵人的子彈引爆加油站。因此……

「——風魔的魅力是在於妳豐富多樣的招式。我接下來想看看妳用槍以外的技巧呢。」

進入爆發模式的我委婉制止了她，然後……

「我數一、二、三——GO的時候衝出車子，接近敵人的車輛。我會把拿手槍的傢伙們處理掉，所以妳就躲在我後面，最後出來解決那個拿衝鋒槍的男人吧。我回想剛才的槍聲並算了一下，那把MP9應該差不多要換彈匣了。」

「遵、遵命。」

風魔注意到我的講話方式改變，於是把槍放到腳邊並跪下身子。

「……一、二、三……」

從儒格MP9斷斷續續「噠噠噠、噠噠」的開槍聲判斷出對方的開槍模式，並進行倒數的我……就在MP9用光子彈的瞬間……

「Go！」

搶在風魔之前，手握貝瑞塔從凱迪拉克後面衝出去。

但是——

呃、為什麼？為什麼風魔沒有跟上來？要是她沒有用我的身體當肉盾會很危險，害我沒辦法衝向敵人啦。

「師、師父，為什麼數到三之後忽然變五（go）了！四呢！」

慢了一拍才出來的風魔當場被敵人開槍擊中腳邊——只好又趕緊爬回凱迪拉克後

面。

「Ｇｏ是英文的Ｇｏ啦！」

我忍不住對她如此吐槽，結果明明是爆發模式卻讓側腹部「啪！」一地吃上一顆子彈啦。即使隔著防彈制服也很痛，不過還好只是.22口徑的子彈而已。

狀況變成這樣就有點麻煩了，我只好把敵人的槍一把一把仔細擊飛——並奔向福特車。最後好不容易才逼近了開著車門、朝我們的方向坐在副駕駛座上的那個胖男人。

然而因為我們剛才拖延了一下的緣故，讓對方來得及為ＭＰ９換上新彈匣，重新把槍口舉向我——的同時，我在千鈞一髮之際撲到他身上了。其實同樣靠開槍把ＭＰ９擊落會比較輕鬆啦，可是如果從正面朝他開槍，子彈不管用哪個角度擊中槍身之後都會接著擊中那胖男人的肚子啊。

在鋪有長羊毛椅墊的車座椅上，我用類似擒抱的動作把胖男人壓倒——因為在狹窄的車內沒辦法揮動手腳，於是用肘擊把衝鋒槍擊落。就在我想要把掉到副駕駛座腳下的那把槍撿起來的時候，對方也拚命地抓住了我的頸部。

畢竟爆發模式並不是可以讓手臂像怪物小鬼或魯夫那樣伸長的能力，所以我沒辦法把槍撿起來……只能在福特車內和對手扭打成一團。

風魔見到這一幕便從凱迪拉克後面跑出來……

「——放開師父是也！」

如此大叫的同時，她擲出苦無——也就是一種形狀像楔子的投擲短刀。但很不巧地，從敵人手中掙脫出來的我這時也用橫仰跳躍動作跳出車外——

——嚓！

風魔的苦無居然命中我屁股了！痛啊！

「啊啊啊啊！師父對不起！在下是想要攻擊車上那個男人是也！」

風魔從以前就是對與我為敵的傢伙會毫不留情的人，這次的苦無也丟得相當狠。

雖然因為我穿的是防彈防刃褲，逃過了讓屁股增加為兩個洞的悲劇，但還是超痛的啊……！

不過……

「不用道歉沒關係——風魔，危險！」

MP9又再度發威，讓我只能用邊跑邊跳的動作暫時退向凱迪拉克。把風魔推回車後，自己也重新躲了起來。我們到底在搞什麼嘛。

……就在這時……

——噹～噹噹噹噹～♪　噹～噹噹、噹♪

Texaco 加油站內播放起大音量的音樂。

面對這突如其來的狀況，無論是我、風魔還是對手們都瞪大眼睛，一時間停下動作了。

——噹～噹噹噹噹～♪　噹～噹噹、噹♪

這是……『Beat It』。

去年在這個洛杉磯與世長辭的麥可・傑克森發行、史上最暢銷的專輯『Thriller』中收錄的不朽名曲。

在發行後將近三十年的今天聽起來依然相當嶄新、既像硬式搖滾又像R&B的節奏中──GⅢ從凱迪拉克後面跑出去了。而且還用莫名厲害的月球漫步動作。他剛才丟給店長的CD原來就是這個啊。

然後伴隨麥可的叫聲，他用H&K開槍了。從正面，朝黑人大漢手中的儒格MP9。

啪鏘！MP9當場發出奇怪的聲響，於是我仔細一看──

GⅢ擊出的H&K手槍.45 ACP子彈把MP9的槍口塞住了。

「──『Silence（沉默）』──」

擺出THIS IS IT封面動作的GⅢ說出招式的名字。先姑且不論他那矬樣……我家老弟這招還真厲害。將直徑比對手槍管稍微大一點的子彈從正面精密射擊，塞住對方的槍口。真是讓我學到一課啦。

武器都被我們處理掉的敵人們，紛紛逃進福特車的後車廂門與駕駛座中──而坐在副駕駛座上的黑人則是瞪大眼睛看向那把無法再使用的MP9，呻吟似地對我們問道：

「你、你們……到底是何方神聖……」

「──我一開始就警告過你們『最好不要惹我』了吧？雖然一下又是忍者一下又是

麥可的或許讓人覺得莫名其妙，不過我和那個白痴是兄弟——也是**Silent Orgo的兒子**。雖然同父異母就是了。」

我一方面也是為了確認對方反應而如此說道後，包括那黑人在內，車上所有人都「OH……！」地發出混雜驚訝與畏怯的聲音。接著慌慌張張關上車門，點燃福特的引擎。

明白自己敵不過對手就立刻逃跑是嗎？哎呀，戰術上來講很正確啦。

「——停下來！」

風魔衝到緊急發車的福特前方試圖阻擋，但是「砰！」一聲被對方理所當然地撞開了。

然後翻滾著身體飛回來……「唰」一聲落到我面前的同時跪下身子。

「我們追上去。風魔，記得把槍撿回來。」

「遵命。」

「喂……陽菜剛才應該被福特撞到了吧……正常來講應該死了啊……？」

「這點程度，在下不會死是也。」

GⅢ見到我和風魔若無其事地交談的樣子，雖然對於和師父一樣耐打的風魔稍微感到驚訝——但很快又回過神來，繞到駕駛座那一側。

「哦～哦～這邊到處都是彈痕啊。這下靠保險應該也不夠吧。」

「GⅢ，駕駛就交給比較習慣左駕的你了。」

我用手槍的滑套部分把碎得參差不齊的車窗玻璃搗平後，跟著坐進副駕駛座——抱著火繩槍跳起來的風魔，也像鳥停到樹枝上一樣蹲著坐到車後座。

剛才被開了一百槍左右的凱迪拉克依然像什麼事也沒發生過似的，「隆！」一聲發出低沉的引擎聲。雖然美國車是以經常故障出名的，不過對槍倒是很耐打嘛。因為是防彈車的關係，不只沒有被子彈貫穿，而且明明承受過那麼強烈的衝擊也依然能正常行駛。在這點上美國車就贏過日本車了，或許也跟國家特色有關吧。

在GⅢ粗魯的駕駛下，凱迪拉克的輪胎不斷發出尖銳聲響，用有點甩尾的感覺轉入福特車逃進去的轉角處。車屁股還把道路邊的垃圾收集箱撞飛，讓飛出去的蓋子「噹啷噹啷！」地發出宛如破鐘的聲音。黑夜擾寧真是不好意思啦。

「很好，GⅢ。再追得更有拚命的感覺。」

「為什麼啦？」

「你照做就是了。」

福特在前方相當遠的距離，已經在交戰射程範圍之外——但我還是將兩把手槍都拔出來，切換為三連發模式，「砰砰砰！磅磅磅！砰砰砰！」地開槍——與其說是要擊中對方，不如說是為了讓對方聽到槍聲。

當中有幾發子彈剛好擊中福特的後車廂門，爆出火花與碎玻璃。

「——那群不肖之徒看起來應當是在地人，占有地利。若讓他們逃走將會很麻煩是也。請問是否讓在下狙擊對手的車輪？」

風魔說著，在車後座架起火繩槍……不過我回應一句「不，已經夠了。」並制止了她。

因為在後照鏡中——可以看到凱迪拉克後方有藍色的閃光。雖然和日本的紅色旋轉燈顏色不同，但那是警車的警示燈。

如果是加油站報警，未免也來得太快了。所以應該是被巡邏中的警車發現了吧。

「GⅢ，我們撤退。」

「他們可是唯一的線索啊，不追上去沒關係嗎？」

「我就是為了不需要追上去才追了這麼一段的。只要我們看起來追得很拚命，對方也不會懷疑自己車上**被裝了發信器**吧。」

我說著，拿出手機打開軟體——確認在成田機場跟風魔拿來的蒼耳子型發信器訊號有在地圖上移動。這是剛才我在福特車上跟黑人大漢扭打的時候，偷偷黏到羊毛椅墊角落的。

為了能徹底把警車甩掉，我們稍微花了點時間讓凱迪拉克開上郊區的穆荷蘭大道——這條路不知道為什麼沒裝路燈，晚上只能靠車道上的反光板認路，是出了名的高難度路段——然後把車停進一塊黑漆漆的空地。

GⅢ鬆了一口氣後關掉車燈，在星空下跟我一起看向手機。坐在後座的風魔也把身子挺出來，一起探頭看著畫面。

地圖上有顯示出發信器移動的紀錄線，以及停止了五分鐘以上的場所等等……而現在標示發信器位置的藍點沒有在動，地點看起來似乎是個像廣場的地方。

「這廣場就是敵人的據點嗎？」

「也不一定就是那樣。看看移動紀錄吧。我們放棄追蹤之後——那臺福特經由一條很不自然的路徑，在這地方短暫停留了十五分鐘又繼續移動……最後才停在這塊廣場。切換成空拍模式看看……這是停車場嗎……看起來不像。哦哦，是廢車場啊。也就是說，那臺廂型車是偷來的。」

「那——這個在小義大利停了十五分鐘的中途點才是他們的據點是吧。」

GⅢ說著，指向Google地圖上標記有『Club Poldina』的地點。

「沒錯。他們應該是在那裡把人都放下來後，由小嘍囉負責把車開去丟掉的。從他們立刻就把車廢棄的行動看來，想必是很習慣幹這類工作的傢伙。」

雖然爆發模式已經結束，但我還是推理出來啦。還好我有讀過偵探科。

「……我想也是。這個中途點『Poldina』——在過來L. A.之前我就有調查過了。那裡原本是一家餐廳，但後來被黑手黨買下來，改裝成夜店了。」

「這樣啊。」

「黑手黨嗎……」

「我記得是叫帕基諾家族，來自西西里的老黑手黨。但很可惜，我跟他們之間沒有關係……」

「那就去打聲招呼吧。要說關係，今晚就有新的關係啦。」

——我說著，闔起手機。

GⅢ接著一邊從手槍拔出彈匣補充子彈，一邊說道：

「老哥，你最好提高警覺。那間夜店會出名，就是因為帕基諾家族的老大在美國黑社會是傳說級的狙擊手。雖然最近沒聽到有什麼動靜，不過他以前是靠狙擊把競爭對手都消滅掉而竄起的『洛杉磯死神』。據說還以收取高額酬勞為代價殺過企業高層、犯罪證人、媒體記者、實業家、宗教家、政治家、思想家——幹掉過六十名以上防衛森嚴的重要人物。而且誰都不曉得他的長相。甚至還有人說帕基諾老大才是幹掉J・F・甘迺迪的真正凶手，可說是個像都市傳說一樣的男人。老實講，連我都不太想跟他交手。」

「……狙擊手嗎，我也不太擅長對付啊。」

「哎呀……雖然是有傳聞說他已經退隱或是死了啦。但肯定還有部下或繼承人，而且帕基諾家族到現在依然能占據這塊地盤，所以最好別輕忽大意了。」

我雖然不清楚黑手黨的狙擊手跟老爸之間究竟有什麼關聯性……

不過，這下洛杉磯總算對我們露出獠牙啦。

我如此想著並抬起頭——看到遠處的黑暗中，好萊塢標誌在燈光照耀下綻放出耀眼的白光。

明明擁有優秀的竊聽技術，卻到最後都沒發現發信器，讓人感到很奇妙的黑手黨——帕基諾家族的夜店『Poldina』就位於小義大利的中心。這一帶給人感覺治安極差，甚至連壞蛋們晚上都不敢外出亂走。也因此路上沒什麼人影……可是依然到處亮著五顏六色的霓虹燈。彷彿是惡棍們都躲藏起來，只有視線一直盯著我們似的一片夜景。

時間上差不多是要從晚上進入深夜的時段。

我們來到 Poldina 前，看到的是刺眼的粉紅色霓虹燈管——描繪出一位橫躺的性感舞者，無聲無息地迎接我們。Poldina 的店門前和周圍微髒街景完全不同，古色古香的石牆與入口的石階都有經過細心保養和清潔。

然而，「碰！磅！」地——可以聽到在強襲科已經聽慣的、毆打肉體的聲音呢。於是我們繞過夜店的轉角窺探後門……果然，是暴力私刑啊。不愧是這樣的場所。

「……我只不過是喝了兩、三杯，居然就要五百美金……」

「敢對舞者調情就是要收這麼多啦。」

在圍毆一名白人西裝男子的……嗯？不就是剛才那個黑人大漢嗎？其他三個人也在。當黑手黨的手下還真忙碌呢。

至於在稍高處的後門階梯上——則是坐著一位年約十五歲的美少年，一臉愉快地欣賞這場私刑。這追加成員真讓人覺得有點格格不入。

「工作過度對身體不好啊。」

Ｇ Ⅲ從背後抓住那黑人的頭髮……然後風魔趁著那群傢伙愣住的時候暗中行動，幫助那位被坑錢又被揍的可憐男子逃走了。

「嗚！這群日本人……！」「居然追來了！怎麼會知道這裡……！」

剛才見過的那群傢伙都表現出驚訝的樣子。明明與敵人交手過卻沒想到自己會被跟蹤，看來帕基諾家族似乎人才不足的樣子。

「──是誰？」

戴著鑽石耳環的那名少年用有點像女孩子的動作把手放到臉頰上──朝我們看過來。即使在這樣的狀況中，他依然一臉笑嘻嘻的。該不會是腦袋有點壞掉的那類型吧？

不過從周圍這些小混混們的態度就能知道，這位白人少年……是在帕基諾家族中地位較高的人物。

「我是Ｇ Ⅲ。」

「我是他哥。」

「然後在下是他哥的徒弟。」

我們非常隨便的如此回應後──

「真的假的？酷耶。Ｇ Ⅲ是那個英雄Ｇ Ⅲ嗎？原來還有個哥哥啊。叫什麼名字？」

臉蛋看起來像狐狸一樣狡猾的少年睜大細長的眼睛，做出有點像英雄宅的反應。

還有，他的講話方式有點娘呢。

「我叫金次。你才應該給我報上名字吧。」

「我叫卡洛。卡洛・帕基諾。」

他在講話的時候，黑手黨手下們都不敢吭聲。

就算不是像菊代那樣的老大本人，這卡洛也是這黑手黨家族的重要人物——從姓氏和年齡看來，應該是少爺。部下們對於這名少年同時抱有敬意和恐懼心。像那黑人手下就用非常小心翼翼的動作在卡洛耳邊不知小聲對他講了些什麼。

而且我和GⅢ都忍不住用視線互相跟對方進行確認，因為從卡洛身上——可以感受到不屬於物理性的恐怖壓力。

簡單來講，他肯定**很強**。雖然看起來一折就斷的手腳並沒有給人經過鍛鍊的印象，但依然散發出不凡的存在感。有點像是鑽石的原礦。

如果用伊・U的成員來比喻……單純的近戰能力在理子之上，華生之下。普通狀態下的我要是沒有跟GⅢ聯手，對付起來應該會很棘手。我不太想跟他爆發衝突啊。

「——我們想要調查關於 Silent Orgo 的事情。」

「這位哥哥，有點陰沉的臉真帥氣呢。是我喜歡的類型。」

我身為在場的長男，代表我方對卡洛表明來意後——對方似乎也不想跟我們起衝突的樣子，而對我拋了個媚眼。真缺乏緊張感啊。

「給我仔細聽人講話。你們不知道為了什麼原因，似乎不希望被人調查 Orgo 的事情是吧。」

「我倒想問你，為什麼想調查那種事啦？我勸你們放棄吧。你們不是才被這些男人們開過槍嗎？」

「我們不會為了那點程度的事情就放棄。我和GⅢ是那人的兒子。」

「哇喔……原來那血統現在演變成這麼酷的狀況囉？怪不得我家手下趕不走你們。」

「是你下令他們攻擊的？」

「沒錯。」

面對自己下令襲擊過的對象，居然還這樣若無其事……

「卡洛大人，請問該怎麼做……？」

相對地，已經被我們修理過一頓的手下們倒是一點霸氣都沒有。

卡洛見到他們這樣子，大概是認為自己一個人對付我們三個人會很辛苦的關係……

「這下也沒轍了吧，只能接受他們商量啦。畢竟要是在這裡跟英雄兄弟還有徒弟打起來，我們就完蛋了。」

他說著，在階梯上站起身子。

然後將雙手交抱胸前，用久經世故的眼神重新望向我們——

「讓我告訴你們一件好事吧。Orgo 幾年前有來過這家店。」

……很好……

我們總算尋到老爸的蹤跡了。

「就是兩年前吧。總統大選那年。」

聽到GⅢ這麼說……

卡洛稍微把視線別到左下方如此回應。

「──嗯，對。」

──根據偵探科的高天原說『雖然不能當證據但是可以當參考』而教過的東西……人在計算數量的時候，會有把眼睛往右移的傾向。這是因為關於數字的事情是由控制右半身的左腦負責思考的緣故。然而現在卡洛的視線是往左偏，代表他很可能不是在思考年份的話題，而是掌管感情的右腦在工作。至於左下方，則是回想起什麼不好的記憶時視線容易偏的方向。

「……老爸是來做什麼的？」

但我並沒有刻意提出這點，並再度開口詢問後──

「如果你們想知道，就絕對不要動粗。只要你們能遵守這約定，就請進到店裡來吧。」

卡洛打開店的後門，對我們招招手。

意思是要到裡面講話嗎？確實，這不是可以在路邊隨便講的事情。於是……

「那就打擾啦。」

我如此說道後，故意在眼神看起來應該有點在懷疑是陷阱的GⅢ跟風魔面前走上階梯。畢竟卡洛已經表明要招待我們了，如果連這點都懷疑，搞不好他原本願意說的內容都會變得不願跟我們講啦。

——不入虎穴焉得虎子。

這對我來說已經是家常便飯了。進了虎穴，出來之後又是下個虎穴。不斷反覆。所以這次我也一點都不怕踏入虎穴。反正自從去年四月和亞莉亞認識之後——我就像是走在一座很長很長的虎穴迷宮之中啊。

從後門進入的『Poldina』大廳……有形狀優雅的古老木造柱子，搭配深綠色天然石材裝飾的美麗地板，感覺相當有情調。雖然從裝潢上可以感受出房子本身至少有七、八十年的歷史，不過音響和照明設備倒是都具有現代感，我們坐下的角落餐桌上甚至還有一塊標示 Wi-Fi 密碼的立牌。

「老爸到這家店的那天……絕對是坐在這位子不會錯。」

聽到我這麼說，風魔與卡洛都頓時愣住。

「請問師父為什麼會知道？」

風魔如此詢問我，然而——

「因為我也是很自然地選了這個位子。首先這是第一個理由，另外嘛……像是從這裡可以看到整間店內，可以得到最廣的射擊角度，還有可以利用桌椅遮掩的脫逃路徑就只有這位子特別多，之類的吧。」

我的理由其實也是這樣模模糊糊的根據。

不過……

「——真厲害。金叉確實是坐在那裡沒錯。我有點驚訝呢。」

卡洛對我睜大眼睛如此表示，態度上感覺並不是在說謊。

我們剛才沒有利用的那扇正面大門是雙層門，一方面是為了隔音，一方面也是為了遇到條子臨檢時會比較方便。大廳中到處都有客人坐在位子上，人數多到從屋外冷冷清清的街景難以想像的程度。當中主要是穿著上看起來經濟能力不錯的男性客人，年齡層則是稍稍偏高，代表這裡跟年輕人喝便宜酒享樂的日本所謂『夜店』不一樣。除了酒精、橄欖、火腿、香水與香菸的氣味之外……還可以聞到大麻的味道。

大廳中有個舞臺，男性客人們似乎都迫不及待表演快點開始……難道是有什麼歌手要登場嗎？

然而令人費解的是，在舞臺正中央，也就是如果有什麼表演節目絕對會很礙事的位置——有一根閃閃發亮、直達天花板的不鏽鋼管子。為什麼要設計成那樣？

正當我如此疑惑的時候——

「GⅢ的哥哥，就讓我再告訴你一件好事吧。」

卡洛把手撐在桌子上，將嘴湊到我耳邊……告訴了我一件教人吃驚的事情：

「金叉現在就在這裡。」

咦！

我當場驚訝地環顧大廳，但這裡只有美國人而已。他說的『這裡』是指哪裡？除了這大廳以外的這棟建築物中的意思嗎？

瞬大眼睛的我做出逼近卡洛的動作……他卻露出笑臉，輕輕躲開了。

「如果你們想見面，就安分一點。現在是我們店裡非常重要的時段。當表演的時候，家族裡的大家都要工作。這是我們引以為傲的舞蹈表演，你們務必欣賞一下吧。然後趁這段時間——我幫你們去問問看老大願不願意見面。」

卡洛說著，把我們丟在頗有歷史的皮革沙發上——自己則是消失到店裡深處了。

看來這下我們只能等待的樣子。

「……聽起來似乎要表演什麼舞蹈的樣子……不過總覺得客人們好像都很興奮的樣子。為什麼啊？」

「師父的父親大人難道是什麼舞者嗎？」

「他是和舞蹈最扯不上關係的人種啦。呃不，畢竟長年沒見到面了，我也不太確定。但老爸的體重有一五〇公斤以上，在那舞臺上一跳就會踩破地板啦。」

正當我和風魔如此交談並疑惑歪頭的時候……

「——老哥。」

GⅢ小聲叫了我一下，並對我使了個眼色。仔細一看——在我們這張沙發右斜前方的高腳椅上坐著一名穿著講究的西裝壯漢。明明是在屋內卻戴著墨鏡掩飾自己視線，彷彿在看著舞臺但其實不然的那男人……應該是這間夜店的關係人。

更重要的是——

他給人的壓迫感好強。很類似卡洛給人的感覺，但存在感更強烈。這傢伙就是帕基諾老大嗎？原來如此，如果不是在爆發模式下，我確實也不想跟他交手啊。

「──請、請、請問、要、要、要喝點──什麼嗎？」

這時我忽然聽到這樣既沙啞又結巴，而且義大利口音相當重的英文，於是把視線轉回正面……看到一位原本大概是金髮但現在已經完全變白、有如電影《魔戒》中的咕嚕戴上黑色眼罩穿上燕尾服的老人。他拿著原子筆、皮革製的帳單夾以及菜單，是來為我們點餐的。

他鷹勾鼻的臉上有相當嚇人的縫合疤痕。我因為自己本身的工作，並不會覺得怎樣，但應該會有些雇主基於這個原因就不想雇用他吧。然而他卻可以在這裡工作。黑手黨雖然毫無疑問是惡徒，不過或許也能發揮照顧義大利人社會中弱勢存在的功能。像我記得在中國的藍幫也聽過類似的事情。

「咱們等一下有個重要的見面行程，我喝Saratoga Cooler就好。萊姆用調和萊姆汁也可以。」

「呃~……我以前在中國有喝酒搞砸過事情，這次就不喝了。給我Coke（可樂）吧。」

GⅢ點了無酒精的雞尾酒，而我也點了軟性飲料後……

「很、很、很不巧，現在古柯鹼（Coke）沒、沒貨了……」

把『Unfortunately』結結巴巴地講成『U-U-Unfortunately』的老人如此回應我。

我現在才注意到，這是裝了人工聲帶的人會發出的聲音。

「簡稱一樣還真麻煩啊。給我可口可樂或是百事可樂啦。風魔妳要喝什麼？」

風魔被我如此一問後，忽然凜然地揚起眉梢——

「忍者不會飲用他人給的東西是也。」

接著講出這樣一句話，於是我用日文對她說道：

「妳有看到坐在斜前方那個看起來像老大的壯漢嗎？這裡是他的店。他戴著墨鏡是為了掩飾自己視線，假裝沒在看但其實正盯著我們。只要在老大眼前喝他店裡的飲料，就能表示『我們信任你們』的意思。再說，妳明明在日本來的飛機上就因為不用錢，跟空服員要了好幾杯果汁吧。這裡的經費我來出，妳不用擔心。」

「既然這樣，在下要一杯白蘭地。」

一知道是長官出錢就馬上點很貴的東西。這徒弟偏偏在根本不需要像的地方跟我很像啊。

「喂，美國的飲酒年齡限制可是比日本嚴格啊。而且我可沒瘋狂到在跟睽違十一年的老爸見面的場合上帶一個喝醉的女生同席。」

我不禁如此說教，然而忍者是屬於法外之徒。

「在下從小學時期就接受過母親大人訓練，不管喝多少酒都不會醉是也。而且現場有大麻的氣味——可見這裡是遊走違法邊緣的場所。只要讓那位老大見到在下未成年飲酒，應當能夠更加提升親近感是也。」

風魔說出這樣也算有點道理的回應後，偏偏在這種時候自己用英文向服務生老人點了一杯洋酒。

雖然基於搜查行動上的需要，而且只是輕微違法的話，並不會被問罪……但是風魔家的各位，讓小學女孩子喝酒的媽媽會不會也太誇張了？哎呀，或許忍者的家庭就是那樣啦。

「Saratoga Cooler、Coca-Cola、Aromanic Napoleon……明、明、明白了。」

老人如此說道後，卻沒有立刻離開……而是露出有點卑躬屈膝的笑臉抬頭望著我。

……哦哦，小費啊。在美國有種文化，要賞錢給服務生或女僕等等從事服務業的人。我差點忘記了。

「呃～小費……」

我記得通常是直接交給對方費用的一～二成，但我打開皮包一看——很不幸地偏偏沒有零錢，只有四張二十美元鈔票。那幾乎就是風魔點的白蘭地費用，而我們點的飲料加起來是四十美元……給二十美元小費未免太多了。可是我又不清楚小費這種東西能不能要求找零，而且跟對方講什麼『請找我十六美元』感覺也很遜。真沒辦法，就這樣吧。

於是我說著「不好意思讓你等了這麼久，這是小費。因為日本沒有這樣的習慣，所以我忘了。」然後將二十美元鈔票放到老人手中。對於這樣超乎預期的小費金額——老人笑笑瞇起沒有戴眼罩的眼睛，對我表示「非常、感、感謝您。」後離開了。唉……

錢包好薄啊……

在表演似乎即將開始的大廳中，喝了酒的男人們都熱熱鬧鬧地表現得很興奮。但我們則是因為卡洛遲遲不回來，只能喝著飲料默默等待。

剛才那老人這次套上一條圍裙，清掃著客人們掉落到地上的香菸啦、菸灰啦、檸檬皮等等。然後又提著一個不知裝了什麼的箱子蹣跚走來……對我說道：

「在、在、在欣賞表演的期間、請、請、請讓我為客人、擦、擦個鞋。費用、請、請隨意就好。」

……他又跑來坑我錢了？該不會是當我好騙吧？

雖然這樣想就讓我有點火大，但要是讓坐在斜前方的老大認為我是個器量很小的人也很麻煩——於是我又掏出一張二十美元鈔票塞給老人……

「你剛才偷瞄過我的錢包應該知道，我已經沒錢啦。還有我要提醒你，我這鞋子有會彈出爪子的機關。雖然現在有扣起來，但我勸你不要摸到鞋底喔。」

聽到我這麼說，老人又笑著瞇起他只有一邊的眼睛，把錢收到口袋後——沙沙、唰唰唰……用相當熟練的動作幫我擦起鞋子。

就在這時……音樂和燈光一口氣變得隆重起來。表演要開始了。

「Ladies and Gentlemen! It's Show Time!（各位女士各位先生！表演開始啦！）」

這聲音，不就是剛才那個黑人大漢嗎？他還真忙啊。

正當我這麼想的時候……呃……這是……

（……噫……！）

充滿朝氣登上舞臺的，是美麗臉蛋上畫有濃妝的白人大姊——到這邊還算在我的預料範圍之內，但那服裝簡直羞恥到極點！

在黑光燈照耀下綻放光芒的白色泳裝上——大概是把泳褲當成內褲的關係——穿著一條不是胯下，而是胯上十公分的格紋裙。上半身則是穿一件釦子全開、在胸口下方打結的襯衫，讓底下的白色泳衣幾乎全都露了出來。那似乎是一套模仿美國女高中生的服裝，但是——就算美國再怎麼開放，穿成那樣去上學肯定還是會違反校規，或者說根本會被當成變態女遭到逮捕吧。太色了。

我剛剛才因為風魔爆發過不久，要是又爆發搞不好就會讓對卒發作喪命了。所以我很不想看到那位肌膚裸露的美女大姊，可是……我現在正被人擦著鞋子，導致我的雙腳，也就是身體方向被固定朝著舞臺。只能夠保持盯著舞臺的姿勢啊。

「——噫……！」

我忍不住發出了聲音。因為那大姊忽然抱住舞臺上那根鋼管，把穿著高跟鞋的雙腳抬到如果沒有那根鋼管就絕對辦不到的高度。而且是朝著我的方向。然後讓鋼管支撐自己的體重，順勢往後翻了一圈。我因此從前到後，包含正下方，把泳裝大姊的下半身一百八十度全部看光了……

「我、我們的舞者、很、很厲害是不是？」

「嗚嗚……是很厲害啦……！可是這……這是所謂的鋼管舞嗎……！」

大姊接著又彎下上半身，可愛地朝四面八方獻上飛吻，害我也不得不正面直視那對美國尺寸的雙峰形成的深溝。是大峽谷啊……！

意外之中潛入了這間成人場所的我頓時變得慌張失措，差點被一個才見面不到一分鐘的大姊姊搞到爆發，或者說其實已經輕微爆發了。坐在我對面的GⅢ也抱著腦袋把頭低下去，唯獨風魔拿出一把紅白扇子「哈哈哈，了不起是也！」地為大姊姊喝采。看妳興奮成那樣子，該不會已經喝醉了吧？

因為這場突如其來的鋼管舞表演，我和GⅢ都紅通通地把臉趴在桌子上——擦完的鞋子倒是亮晶晶的——不過……場子的氣氛之所以沒有被搞差，全都要多虧風魔不斷對舞者大姊吹口哨，興奮程度甚至不輸其他男性客人。在這點上算是幫上大忙了。這傢伙從以前就對這種非法場所的適應性很高啊。畢竟她本身就是個法外之徒。

舞者大姊表演結束後便下臺在大廳中到處走來走去，讓客人們在她的胸前深溝與裙子腰帶塞滿美金鈔票後才離開……接著伴隨喇叭播放即將關店的告知，男客人們帶著身處夢境般的表情三五成群地回家了。坐在斜前方座位那個應該是老大的男人也走進了店內深處。

然後卡洛才露著一臉賊笑走出來……

「——老大說他願意和你們會面。在那之前，我先讓你們跟金叉見個面吧。」

對看完一場誇張表演而茫然坐在沙發上的我如此說道。

意思是說總算能夠見到老爸了。於是我重新振作起來——

在卡洛帶路下，我們穿過一扇工作人員以外禁止進入的門。

在門內首先看到的是剛才那位舞者大姊已經換上T恤與牛仔褲，正在數著鈔票。她注意到我們還「歡迎再來喔♪」地拋了個媚眼。美女的媚眼對心臟很不好啊。

我偷偷從口袋拿出救心丸吞下去後，跟著大家一起坐進一臺必須手動開關門的古老電梯。卡洛接著像是輸入暗號一樣按下幾個樓層的按鈕——電梯就往樓層按鈕中不存在的地下一樓降了下去。

在沒有幾盞螢光燈的地下室，可以看到許多紅酒瓶、威士忌酒桶以及裝乾燥大麻的箱子。

（……隱藏式地下倉庫啊。雖然聽說這裡以前是餐廳……但或許更早之前，剛開始就是建成黑手黨的據點。這也算是一種返祖吧。）

穿過地下一樓的倉庫後有一道樓梯，通往一間靠普通方法應該無法進入的地上一樓房間。經由這樣有如小迷宮般的路徑，打開一扇古老的木門後……

我們就像是回溯到美國禁酒令時期似的，進入了一間很有歷史的房間。

古老的壁紙被香菸薰得泛黃，桃花心木製成的高級辦公桌搭配的是一張帶有光澤的皮革椅。寬敞的房內深處有撞球桌、動物標本、暖爐等等相當具有骨董味的東西。

然而整間房間最引人注意的——是掛在牆上的好幾把**狙擊槍**。

溫徹斯特M70。在現代雖然已經算是老槍了，不過在越南戰爭時期之前是被稱為步槍經典的名槍之一。這槍有好幾種口徑的型號……而現場就有七把。不是當成收藏品裝飾，每一把感覺都被使用過很久。然而最近似乎都沒派上用場的樣子，聞不到有在使用的槍枝一定會有的煙硝味。

這裡──應該就是GⅢ所說的『洛杉磯死神』帕基諾老大的房間吧。

可是在房間內卻看不到剛才那位魁梧的西裝男子……

「然後呢？金叉在哪裡？」

正如GⅢ如此詢問卡洛所言，也看不到老爸的身影。

「我現在就帶過來。」

卡洛拋了個媚眼如此說道後，從房間左側一扇紅褐色的門走出去……接著伴隨「鏘啷、鏘啷……」的金屬聲響回來了。

在他手中握著一條看起來很沉重的鐵鍊，裝了一塊寫有『KONZA』的金屬牌。然後腳邊有一隻體長約一公尺的鱷魚緩緩爬出來，是相當原始性的鱷類──古巴鱷。

就在風魔被張開大嘴的鱷魚嚇得有點發抖的時候……

「這就是KONZA（金叉），是老大在養的。很可愛吧？讓牠運動一下。」

卡洛嘻嘻笑著，用徹底瞧不起我們的態度稍微煽動鱷魚。

我在偵探科有學過，古巴鱷是一種在黑市價格很高的瀕危物種。或許能夠飼養這種東西在黑社會就是一種地位象徵吧。

「你這混蛋……」

GⅢ因為受騙而有點火大，不過——我倒是因此確認了帕基諾家族知道老爸的事情，稍微鬆了一口氣。反正我打從一開始就不認為可以簡簡單單就見到老爸。

「既然會取那樣的名字……代表你們對我老爸有什麼仇恨嗎？」

對於我這樣的質問，卡洛則是——

「鱷魚不會認主人。只要稍有鬆懈，那怕是我還是老大，牠都照咬不誤。根本不知道什麼時候會被牠攻擊啊……」

乍聽之下牛頭不對馬嘴，但其實還頗明確地回答了。

「——是當成一種警惕嗎？」

「沒錯。為了讓我們家族不要再做出會惹怒 Silent Orgo 的事情。」

原來是這樣的緣分。

這些傢伙和老爸敵對過，然後嘗到了苦頭啊。

就在我這麼想著，並低頭望著鱷魚的時候……忽然傳來沉重的腳步聲。剛才在大廳坐在我們斜前方座位男子進到房內了。

對於這位把傑尼亞西裝的衣領穿好，把頭髮重新梳理整齊的男子……卡洛叫了一聲「爸爸」並靠近過去……

「——老大來了。」

男子用低沉的聲音如此說道，然後將桌上的玻璃菸灰缸擺好位置，從櫃子上挑選唱片開始播放。以較小的音量伴隨些許雜音播放出來的，是焦阿基諾・羅西尼的歌劇〈威廉・泰爾〉。

……我本來以為這男子就是老大，但原來不是。從他身上可以感受出要是我們三人膽敢危害老大，就會與兒子卡洛一起挺身阻止的氛圍。

接著又傳來最後的腳步聲……非常輕、非常小。

卡洛與他父親挺直背脊，微微敬禮迎接的那位人物——

「……帕基諾老大，原來是你啊。」

是剛才那位服務生老人。

不過他的服裝已經換成胸前口袋插有手帕的正式西裝，頭髮也用髮油全部往後面固定。老人用一副對我們瞧都不瞧的態度……走到高級辦公桌後面，深深地、充滿威嚴又高高在上地，坐到那張皮革坐椅上。

接著，那位老人——帕基諾老大才終於用他只剩一邊的眼睛朝我們瞪來。剛才完全隱藏起來的殺氣，這時瀰漫整個房間。

「……」

老大注視著我們，從一個銀色盒子中拿出雪茄後……卡洛的父親立刻走到他旁邊，為他點燃打火機。

因為雪茄並不是像紙捲香菸那樣馬上就能點著的關係，老人的嘴巴緩緩含煙——

然後「呼……」地吐出一陣濃煙。房間內頓時飄散出廉價雪茄絕對無法模仿、就連沒有抽菸習慣的我們也完全不會感到不舒服的氣味。

「……金叉的兒子，你剛才給了老夫二十美元是吧。」

雖然沙啞的聲音跟剛才一樣，但他講話沒有口吃。原來那是演技啊。我在偵探科明明接受過訓練，對那樣的演技也能識破的說，可是剛才卻完全被他給騙了。

「老夫要不要殺人，取決於是否中意對方。氣派的男人，老夫並不討厭。」

「你相信我跟GⅢ是金叉的兒子？」

「哪有什麼相信不相信。」

原本講話面無表情的帕基諾老大接著說了一句「你們的眼神都一樣」後，讓滿是皺紋的臉稍微露出笑容。面對今晚才初次見面的我們，卻好像見到讓人懷念的老朋友一樣。

「在羅馬武偵高中，洛特議員的兒子羅密歐似乎受你關照過。老夫打電話確認過了。」

「羅密歐……哦哦，那傢伙啊。雖然我跟他扯上關係的期間很短就是了。」

——意思是說他立刻就調查了關於我的事情嗎，動作還真快。然後同為義大利人、同為黑手黨的大人物之間似乎互相認識的樣子。世界還真小呢。

「……金次、GⅢ，你們想見到父親嗎？」

「為什麼要問那種事情？你以為我們是為了什麼到這裡來的？」

「……你們重視自己的家人嗎？」

「那當然。親子的緣分是切也切不斷啊。」

如此交談的同時──我的額頭滲出汗水。因為眼前這位年齡想必已經超過八十歲的老人……帕基諾老大的存在感。他是個狙擊手，如果打近距離戰我絕不會輸才對。即便如此，明明因為剛才那場表演而進入輕微爆發的我卻依然在氣勢上輸給對方。這老人到底是何方神聖？

呼……老大又抽了一口雪茄後……

「老夫很猶豫。猶豫到底該不該幫忙自己不討厭的年輕人去跟 Orgo 見面。因為那就像是引導別人去遭遇魔鬼一樣的事情……老夫實在做不出來……」

他說著，緩緩左右搖頭。

「但是，老夫也很清楚家人被拆散是多麼難受的事情……六十九年前，當老夫還是你們這年紀的時候就在巴勒摩受到徵兵，被送往戰爭時的納粹德國，吉爾伯特・施塔赫師團長的設施。從那之後，老夫就沒有再見過自己父母……因此老夫也很想幫忙你們跟親人見面……而且既然是自己的**後進**就更不用說了。」

帕基諾老大說著，看向GⅢ。

「後進？」

皺起眉頭的GⅢ看起來並不知道對方在講什麼的樣子。

「沒錯。大戰之後，老夫們的研究成果被竊送到了洛斯阿拉莫斯。」

聽到帕基諾老大這句話——我才想起來。

吉爾伯特．施塔赫，那是貞德以前提過的、伊．U第二代艦長的名字。

伊．U可說是軸心國的亡靈。然後義大利當時也是日德義三國同盟的成員之一。

再加上帕基諾老大這樣的高齡——

「……超禿師團……你是當中的倖存者嗎，老大？」

「——人工天才計畫，是以聯合國諜報員偷走的超禿師團情報為基礎而開始的計畫。不過老夫當時是脫逃出來的，跟所謂的倖存者不太一樣。」

怪不得……他的兒子和孫子也都散發出異於常人的氛圍啊。

「被聚集到超禿師團的狙擊天才們要互相學習彼此的神技，也接受過醫學性或是怪力亂神的實驗。即便如此，當中多數的人還是在戰場中喪命，老夫則是學到那些力量之後逃跑了。大戰結束後，老夫就用這力量吃掉了L.A.的黑手黨……」

就算是黑手黨，看在原本是軍人的人眼中也是跟一般人沒兩樣。而且又是伊．U的超人士兵，想必輕易就能贏過對方吧。

老大說到這邊，忽然用雪茄的吸嘴指指自己的眼罩，然後抬起下巴……

「可是那樣美好的時代——最後卻被寂靜之鬼（Silent Orgo）給毀了。連同老夫的右眼，以及喉嚨。」

對我們亮出他喉嚨部分、彷彿被人徒手剝掉皮肉留下的疤痕。

雖然現在已經治好，但可以看到想必是經過好幾次手術的治療痕跡，簡直像拼圖一樣。

「……熊削……」

——風魔用日文小聲呢喃出可能是當時造成這傷口的招式名稱。我想應該沒錯。

這是老爸只有教給大哥，而我只知道相關知識的招式——是遠山家代代相傳，能徒手剝掉對方體肉的招式。基本動作雖然跟打巴掌很類似，不過相對於巴掌是對皮膚與體內造成衝擊與震動，進而給予對手痛苦的內部損傷技，熊削則是將手指彎成像鑵子的形狀，削掉對手的身體表面——通常是不太會有厚實肌肉的頸部或臉頰——的招式。因為中招的人會留下很顯眼的傷痕，在遠山一族之外也相當有名，所以風魔才會知道的吧。

老爸……和這位伊．U的人工超秂交手過，然後贏了……

「那是在遠山家有警告別太常使用的招式。我代表我父親向你道歉。」

我對收回下巴的帕基諾老大如此表示後……

「金次，你為何要道歉？老夫明明就讓你看到證據，證明他是個多心地善良的男人啊。」

「心地善良？」

「老夫這不是還活著嗎？他沒有把老夫殺掉。哎呀，雖然說失去了慣用眼，喉嚨也被撕碎——不但無法再狙擊，還花了一年以上的時間才總算靠人工聲帶重新可以發出聲音就是了。金次，GⅢ，你們就算看到老夫身上的傷，也不需要對自己父親感到恐懼。你們的父親是非常優秀、非常出色的男人。老夫這輩子和許許多多的特務交手過，無論是誰，老夫都不想再交手第二次。然而……即使被挖掉眼睛，被撕破喉嚨，老夫還是想跟金叉再較量一次看看。金叉就是那樣一個男人。」

聽到他這段話，我、GⅢ以及風魔——都再度體認到自己正在尋找的遠山金叉是個多強大、多深不可測的人物。

……老大說到這邊，又彷彿再度回憶起往事般吸了一口雪茄……

「當時老夫在這街上三百名的部下都被金叉一個人毀滅掉了。就好像把文筆平淡的書本一頁一頁翻過去般，一個人又一個人，在短短一天中全部解決。讓人驚訝的是，他途中依然在自己定下的時間吃了晚餐。就在當時還是餐廳的這間店，吃了歐姆蛋與一杯牛奶。更讓人驚訝的是，老夫們沒有一個人被殺掉。現在回想起來依然就像做了一場惡夢一樣。」

面對黑手黨……一打三百嗎？而且讓對方失去戰鬥能力，卻又一個人都沒殺掉——即使是爆發模式下的我或GⅢ也不可能辦到那種事情啊。

「——我家老爹是受誰的命令來的？」

GⅢ提出這個疑問，可是……

「金叉把老夫的喉嚨撕碎，應該就是叫老夫『別說』的意思。」

帕基諾老大卻搖搖頭，沒有回答這點。

「而且金叉雖然有報上名字，但並沒有說出自己隸屬的組織。他究竟是受人指示，還是自己前來的，都只能猜測。而老夫不想只靠猜測就亂講。」

「那你為什麼會被攻擊？你幹了什麼事？」

「是老夫在幹下事情之前，就先被幹掉了。」

「什麼事情？」

「當時因為約定好老夫這輩子第二高額的酬勞金，讓老夫一時被金錢所惑……接受了來自某個白人至上主義團體中某位人物的暗殺委託。」

帕基諾老大說著，望向掛在房間牆上的美國國旗。

「根據天氣預報，當時隔天L. A.難得會有烏雲。那是瞄準鏡的鏡頭不會反光——相當適於狙擊的日子。一切都準備就緒，老夫應該可以得到那八百萬美元才對的。就在二〇〇八年的二月。」

……二〇〇八年二月……

（——超級星期二……！）

暗殺巴拉克・歐巴馬。

那就是帕基諾老大當時接到的委託。

「金叉是在計畫執行的前一晚現身。老夫當時有一棟比這裡還大間的大樓，而老夫人就在那裡……然後鬼就從一樓的正面入口進來了。首先從守衛開始，把當時有三百名而且配備武裝的部下們一個接一個解決。到二樓、到三樓的時候……他在途中忽然撤退，讓老夫們以為得救了。可是過了三十分鐘，金叉卻又從一樓進來。原來他只是到外面去用餐而已。然後到四樓、到五樓，又繼續把老夫的部下們一一擊敗、上樓，最後來到只剩老夫孤軍奮戰的房間，結果就是這樣。」

帕基諾老大說著，又再度亮出自己的眼睛與喉嚨——

「後來老夫就被悠悠哉哉來到現場的州警逮捕……包含你們日本所謂的預謀殺人罪在內，被起訴了十二項罪名。不過老夫很擅長法庭談判，全都獲得了無罪。只是……從那之後，『Silent Orgo』成了老夫的家族所畏懼的對象。畢竟他光一個人就擊敗了咱們家族，而且輕而易舉。甚至還手下留情，沒有取咱們的性命。比起會帶給敗北的一方憤慨心與團結力的死亡，這樣的恐怖與羞恥則是讓老夫的家族垮臺了。後來家族的成員就越來越少，如今只剩下這裡的二十人。而離開的部下們據說到現在遇到小孩子做壞事的時候，還會用『Silent Orgo 會來喔』這樣一句話嚇唬小孩。」

帕基諾家族之所以不想讓我們搜尋老爸的下落……原來就是不希望 Silent Orgo 的事情再度被翻出來，讓家族的勢力變得比現在更慘啊。

另外……在公園只是聽到『Silent Orgo』就哭出來的小孩子，想必是帕基諾老大從前部下家裡的小孩吧。

「你知道我老爸後來的去向嗎？」

「不知道。不過老夫知道**某個女人知道關於他的事情**。那是老夫以前在超禿師團暗戀的一位美麗女人。她雖然比老夫更早就從師團消失，但老夫一直都有在追尋她的下落。然後在去年總算知道——她已經過世，但留有一名女兒。老夫講這話希望你們別笑，老夫因為很想追尋那女人留下的痕跡，忍不住調查了一下她的女兒。像名字或住址等等的。結果在那過程中老夫偶然知道，那女兒有和金叉扯上關係的經歷。」

——有點跟蹤狂特質的帕基諾老大，將雪茄的菸灰彈進菸灰缸並如此描述。

「那女兒很早之前移居到美國來，似乎有過離婚經歷。身為一名義大利男子，雖然講這種話很沒出息……但老夫害怕萬一惹怒Orgo，所以並沒有去見過那女兒。」

帕基諾老大即便沒有把話講得很明……但簡單講就是他認為萬一那女兒是老爸的……情婦之類，那麼他要是對那女兒出手，這次就真的會被我老爸宰了。

雖然身為兒子心中會感到有點複雜，不過老爸身邊如果有那樣的女性其實也不奇怪。

畢竟老媽在老爸被認定為殉職之前就已經離開人世。

而且照剛才那些話以及帕基諾老大的年齡來推算，那位『女兒』應該也有三十歲以上了。

所謂的爆發模式——其實像遠山金四郎、金一大哥以及GⅢ那樣可以靠自家發電的類型是屬於少數。雖然我很清楚這是個很差勁的一族，我自己基於倫理道德也絕對不會以此為目的故意和女性合作——但是靠活生生的女人進入HＳＳ的方式實際上才是王道。

也許那位女性就是在協助老爸那方面的事情。

「告訴我那位女兒的事情吧。」

我走近帕基諾老大的桌子前如此詢問後……

他將雪茄放到菸灰缸的邊緣……

「金叉是否和那女兒住在一起，老夫並不清楚。也就是說，即使知道了關於那女兒的事情，也不保證就能見到金叉。這樣也無妨嗎？那女兒是超禿師團成員的第二代，擔任公職，其能力與存在都是美國的國家機密。要是知道之後，你們搞不好就會遭到通緝了。」

「沒差，反正我的狀況本來就跟遭到通緝很像了。」

「老夫能告訴你的，只有那女兒的通稱與住址，僅此而已。剩下的就跟已經擠乾的萊姆一樣，一滴汁也擠不出來。知道了嗎？」

把這些情報講出來，會有惹怒 Orgo 的風險——想必對帕基諾老大來說，這是很危險的事情。

他只剩一邊的眼睛流露出覺悟與緊張的感覺。

「好，這樣就夠了。謝謝你，帕基諾老大。」

即便如此，他為了讓我們親子重逢，還是願意告訴我們。因此我先向他道謝之後，他接著說道：

「如果你見到了金叉——幫老夫轉告一句話。老夫已是人生晚年，不會再幹出什麼事了。然後如果見到那女兒——見到那女兒……不，什麼也不用說。任何男人的一生中，總會有幾名必須放棄的女性。那女兒住在華盛頓特區的郊外，Ludlow Blunt

路……本名沒有人知道，但通稱倒是很出名，所以應該可以靠這個找到人。」

講到一半露出自嘲笑容的帕基諾老大重新把眼睛看向我，說出了那位女性的名字：

「——『T夫人』——再見了，年輕人。祝你好運。」

Go For The NEXT!!!　貝茨姉妹

洛杉磯市在美國的最西邊，但華盛頓特區則是位於東部。直線距離有三千六百公里以上，因此我們決定搭飛機前往了。

如果有深夜班機就直接搭，如果沒有就在機場附近過夜，搭隔天早上的班機——我們抱著這樣的打算，開凱迪拉克準備前往洛杉磯機場……但是從位於高丘上的小義大利往南洛杉磯俯望卻看到了成群的藍色警車燈，簡直就像什麼霓虹燈光一樣。

「是臨檢嗎？」

用塗有黑漆的傳統望遠鏡觀察狀況的風魔如此疑惑歪頭。

「那也太多了吧。」

GⅢ把車停下來後，從他的 Vivienne Westwood 行李箱中拿出寬頻無線電接收器監聽警察的無線電通話。

沒過多久便聽到……

『……發自洛杉磯警局……日本人兄弟，equipped（配裝武器）……Code Five（通緝）……凱迪拉克 Eldorado 敞篷版，深紅色……S／V（嫌疑車輛）……了解……』

根本就是在講我們嘛。不過漏掉了風魔。

「該不會是在加油站的事情吧。畢竟那時打得很激烈。雖然我們主要是被開槍的那一邊啦。」

「老哥，你還～在過日本生活嗎？那種程度的槍戰，在美國每五秒就有一場啦。要說引人注目的，應該是老哥和陽菜在公園的表演吧？注意到我們的不是只有黑手黨而已。看來在MOTEL的那個竊聽——是ＦＢＩ，連通緝令都發出來了。」

——連ＦＢＩ都來啦。

「GⅢ，你一開始不是說ＦＢＩ對我們沒有興趣嗎？」

「對。所以這下我反而搞懂了。他們不是討厭**我們**，而是討厭**我們在做的事情**。」

「搜尋老爸，是嗎？」

「沒錯。這代表不想讓Orgo被人搜尋的傢伙不是只有黑手黨而已。」

以時機上來講確實是那樣。這應該是美國司法當局知道『有日本人在尋找Orgo』之後迅速做出的行動。

美國政府不想讓老爸的事情受人調查的理由……靠我現在輕微爆發已經解除的腦袋推理不出來。而且現在更應該先思考的問題是……

「飛機怎麼辦？」

照這樣下去，我們就沒辦法到Ｔ夫人的地方了。

「已經沒轍了吧。只會在機場被抓啊。」

我聽到GⅢ這麼說，不禁陷入沉思。而風魔也問道「那麼請問要怎麼到華盛頓特區……」後……

「——就這樣開凱迪拉克過去吧。雖然要花上四十個小時就是了。」

GⅢ拍拍車子的儀表如此回應。

雖然變得很麻煩，但也別無選擇啦。

走吧——開車橫越美國。

GⅢ靠著警察的無線通話避開洛城市警，首先成功從洛杉磯脫逃到市區外了。然而美國還有比市警管轄區域更廣的州警，因此不能掉以輕心。然後能夠對這些警察機關頤指氣使，自己也能無視於其他警察的管轄地盤恣意行動的——就是美國警察機構的高級菁英們，聯邦調查局FBI。

來到洛杉磯市東南方的安那翰市郊區後，我們進入了一間二十四小時營業的超市。

就在我為了這段長途旅行把糧食、雜貨、彈藥等等東西裝入購物籃的時候……

「既然FBI已經行動，行動電話也很不保險啊。這個也買吧。」

GⅢ說著，把裝有手機的盒子放進風魔在推的購物車中。是預付型手機。因為不需要登記身分的關係經常被拿來惡用，在日本已經沒有了……不過在美國還能買到。價格非常便宜，只要三十九美元。雖然能買到子彈也很誇張，不過能在超市買到手機對於日本人來說也是一種文化衝擊啊。

買完東西回到超市的停車場後，我立刻開通手機——利用在成田機場給過茉斬的暗號表，透過我日本的手機將新的手機號碼寄給她。

接著預付手機便馬上收到通話，是茉斬的號碼。於是我接了起來。

『——喂？小笨蛋，你知不知道？一大清早被郵件通知聲吵醒，不是一件愉快的事情喔。』

「抱歉，我這邊還是深夜啊。呃～茉斬，你還沒有殺掉任何人吧？」

『劈頭先問的就是那種事情嗎？你叫我不准殺人我就沒殺啦。』

「我們接下來要去華盛頓特區。因為似乎遭到通緝的關係，會開車過去。預定四十個小時後抵達。妳說妳要往北邊去對吧……現在在哪裡？」

『我現在在加拿大。多倫多。』

「喂，妳是來觀光旅行的嗎？我們這邊查到了線索，要過去東邊。妳差不多跟我們會合吧。」

『什麼線索？』

「就是，呃～……那個，關於我老爸的、怎麼說……似乎是情婦的女性的情報。對方就在華盛頓特區的郊外。」

我有點吞吞吐吐如此說道後……

『……』

嗯？茉斬不講話了。是在想什麼事情嗎？

過了一段時間，她才總算開口：

『──我不跟你們會合。我現在不可以殺人對吧？』

「那跟這有什麼關係啦？話說妳為什麼跑到加拿大去了？是掌握到什麼情報嗎？如果妳只是去逛街吃楓糖點心，小心我揍妳。給我好好合作啊。」

『我現在心情很不好。要掛斷了。』

──啊！她居然掛電話了。

那傢伙到底在搞什麼啦……真的是個無法團隊行動的女人。

雖然她應該確實有在行動，但還是老樣子一點都不想跟我分享情報。

總不會是只讓我們努力調查，自己卻在釣鮭魚之類的吧？如果真是那樣，我就把戒指做成釣鉤，到品川的釣場釣鯉魚囉。給我記住。

離開安那翰後我們開上十五號公路，再轉到朝東行的四十號公路。接著就是在廣大的美國荒野上不斷直行的道路了。

路上完全沒有路燈，取而代之的是滿天繁星微微照亮黎明前的莫哈韋沙漠。在呈現一直線延伸的四十號公路前方，可以看到將死寂山脈（Dead Mountains）的山稜線分割成黑暗與靛藍的太陽光漸漸升起。

「我們沿路會經過一座一座的城鎮，就像在日本搭火車那樣一站一站過去。美國的地方都市就有點像是車子的車站。我們路上就在那些城鎮補給跟休息，但要是太過悠哉就會被ＦＢＩ發現，所以沒辦法住宿過夜。好在我們有三個人，就輪流補眠，替換駕駛。陽菜妳先睡。」

ＧⅢ讓凱迪拉克保持在約時速一百二十公里，不斷行駛。

道路上雖然有砂礫或枯枝等等，但對於車重超過兩噸的凱迪拉克來說，那種東西就跟輾過灰塵或紙張一樣不受影響。

遇上長途駕駛，美國車坐起來就相當舒適。一如我最初對這輛車的印象，簡直有如坐在一艘大船上航行。或許美國車的設計理念本來就是以行駛在廣大的美國大陸為前提吧。

只是現在……我放眼望去別說是城鎮了，連一戶人家都沒看到。在這狀況下，我們的生死都只能靠這輛車啦。我想到這種事而不禁在內心冒著冷汗，然後就在我們從加州進入亞利桑那州的時候——

「……Damm（該死），有夠纏人的……」

「話說那看起來應該是從洛杉磯就在跟蹤我們了吧。」

ＧⅢ透過後照鏡，我則是靠轉頭，兩人都隔著在後座打坐睡覺的風魔看向車後方。

——這臺凱迪拉克的後方遠處，有一臺吉普車追著我們。

雖然距離還有一公里以上，但畢竟是一直線的道路，所以我們都看得到。

我擅自把風魔的望遠鏡拿來一看，那臺在朝陽照耀下的車子是吉普 Wrangler 的警車。不愧是美國，連吉普車的警車都有。車身隨著道路起伏而改變角度，讓我可以看到引擎蓋上印有加州警察的徽章……

「即使跨了州還是照追不誤啊。要是在日本，縣警可是不會去隔壁縣的地盤亂搞的喔？」

「——應該是ＦＢＩ。」

哎呀，我想也是。真受不了。

我靠著放大倍率不太好用的望遠鏡勉強確認了一下吉普車內……在駕駛座跟副駕駛座各坐了一名穿州警制服的女性。兩人都是銀髮褐皮膚，相像得讓人懷疑是複製的程度——是同卵雙胞胎。

或許姊妹感情很好吧，連髮型都一樣剪成短髮鮑伯頭。明明朝著朝陽駕駛，卻沒有戴墨鏡。有胸，相當雄偉。真讓人討厭。

「那臺吉普到十五號公路為止都還隱藏得很好，不過從進入四十號公路的分岔點就感覺故意讓我們看到車影了。」

「也就是確定我們路徑朝東的時候啊……喂，風魔，起來啦。」

美國的荒野杳無人煙，就好像日本的深山中或大海上。而既然法律是人在執行，法律的力量就難以深及無人之地。換句話說，這裡已經是**無法地帶**了。

「——是敵人嗎？」

「是要戒備的對象。妳的槍射程最遠，做好狙擊的準備……咦？怎麼……那臺吉普偏出道路啦。」

因為風魔睡覺很快就能清醒的關係，在我的命令下她立刻就拿出了火繩槍。可是——再怎麼想對方都不可能是知道了這件事才對，但那臺吉普 Wrangler 很明顯偏出道路，開到乾枯的雜草零零星星的沙漠上。

吉普開過的地方都被掀起一片紅土飛揚。不久後，又停了下來。

「……那是在邀請咱們啊，也就是『要不要在這邊玩一場？』的意思。從這裡好一段距離都只有一條道路，那臺吉普又比這臺凱迪拉克快。就算我們不理會對方，也只會再度被追上而已。老哥，怎麼辦？」

我用風魔的望遠鏡可以看到，那臺吉普車……似乎停在一處高度不到一公尺，但面積還算廣的白色圓弧形人造物的旁邊。

雖然我不清楚在這種像人外魔境般的土地上為什麼會有那種建築物，不過既然我們有帶槍，也不知道對方有什麼武器的狀況下——如果發生戰鬥，有遮蔽物總比一片寬敞的地方來得好。這或許是個好機會。

「……反正繼續被跟下去只會讓對方越容易猜出我們的目的地。可能的問題還是盡早除根比較好。回頭吧，GⅢ。我們就在這裡解決掉對方。」

「了解。」

GⅢ把方向盤一打，凱迪拉克當場使勁回轉，讓保險槓都差點順勢摩擦地面——接著車子便掀起紅土與枯草，開出了道路。畢竟這不是越野用車輛，搖晃得相當激烈，不過這裡根本沒有牆壁或車輛可以撞，反而不像平常在城市裡坐GⅢ的車那麼恐怖呢。

沒過多久，凱迪拉克便抵達了那座神祕的建築物，於是我們三人手持武器下車……

吉普 Wrangler 的警車就停在平坦的圓形建築物旁邊。

車內沒有人。

「原本應該有一對雙胞胎姊妹坐在裡面才對。話說車鑰匙根本沒拔掉啊。要不要乾脆讓我開這輛車，跟凱迪拉克一起逃掉算了？」

「我勸你別那麼做，這一看就知道是陷阱。我猜應該搖晃一下就會爆炸吧。」

聽到GⅢ說出那麼恐怖的話，我趕緊把伸到一半的手縮了回來。

因為周圍沒有其他東西，於是我們確認了一下那座神祕的建築物——

那是一個直徑約二十公尺的洞。呈現圓筒形，相當深。

在那大洞口的邊緣，有一圈環狀的白色設施。從上空看下來應該就像一個巨大的金屬墊圈、指環或是甜甜圈吧。

我小心翼翼探頭望向洞中，看到裡面沿著邊緣滿滿都是格子狀的地板與鋼架。但中央直徑約十公尺的範圍內卻幾乎什麼都看不到，只有深不見底的洞。

我想不出來這樣的地下建築物會存在於這種荒野地方的理由，於是——

「這是啥？難道是要在這種荒野建設地下城嗎……？可是那樣來講又太小了。會不會是像以前在內華達州見過那位桑德斯爺爺一樣的人，為了預防第三次世界大戰而建的核武避難所？」

我如此詢問GⅢ後……

「剛好相反。這是核子彈——ＩＣＢＭ（洲際彈道飛彈）的發射井。」

聽到他這個回答，我和風魔不禁面面相覷。

飛彈發射井——是讓飛彈垂直收納在地下，以便可以直接發射的設施。聽他這麼一說也確實，這地面上的建築物看起來就像照相機的光圈一樣，是可以讓洞穴入口……不對，是導彈出口……開閉用的閘門。

「別擔心，這裡的導彈已經被撤掉很久了。像這種發射井廢墟是冷戰時代的遺產，全美國到處都有。」

「那為什麼不把它埋起來，要打開丟在這邊啦？」

「在九〇年代，美蘇、美俄之間簽訂了第一、第二階段削減戰略武器條約。美國承諾會大幅縮減ＩＣＢＭ的數量，也確實做到了。然後為了證明——就故意把這種已經撤除核子彈的發射井丟著，讓前蘇聯、現在的俄羅斯可以清楚看到美國縮減核武的成果。」

……原來如此。空空的飛彈發射井靠人工衛星就能從上空看到，而且諜報員來看也一目了然吧。

大概是為了俄羅斯，連發射井入口都沒有關上，讓人可以沿著鐵板階梯走進發射井中——裡面簡直就像鋼架與鐵板組成的公園攀登架。

不過因為根本沒在維護的關係，已經完全化為廢墟。呈現圓弧狀的鐵牆、好幾層的格狀鐵板——也就是踏腳處——以及支撐那些鐵板的鋼架都到處生鏽。因此也有部分的鋼架已經折斷，鐵板掉落消失等等，狀況非常糟糕。可以知道這裡被棄置了至少十年以上。

然後從狀況判斷……剛才那對應該是雙胞胎的女警們肯定就在這發射井中。

在GⅢ從凱迪拉克拿出行李箱，為了可能發生戰鬥而裝備護具的時候……

「風魔，妳到洞裡找個暗處躲起來待命。等我們與對方接觸後，若判斷戰鬥無可避免時就發動奇襲。對方似乎會使用陷阱，妳下去時要小心。」

「了解是也。」

在我的命令下，風魔首先無聲無息地從入口進入發射井。

剛才吉普車上除了那對雙胞胎以外沒有其他人，這裡周圍除了我們之外也只有兩人份的腳印。

——三對二，人數上來講我們比較有利。

隨後……我和因為穿護具的關係沒辦法消除腳步聲的GⅢ一起從入口走下階梯……就在來到深度十五公尺左右的一塊踏腳處時……

「你們有權尋求律師協助並保持沉默。」

從上方傳來了女性的聲音。對方進入得不深啊。

緊接著……

「你們接下來的每一句發言，都將可能成為呈堂證供。」

同樣的聲音又從另一個方向傳來。不是回音，是那對雙胞胎把一句話拆開來講了。感情真好喔。

我和GⅢ在生鏽的鐵板上抬頭望向聲音來源。

在那裡——以我和GⅢ的位置為一個頂點，從上空看下來可以描繪成正三角形的圓周上另外兩個頂點各站著一名女警，兩人相像得簡直有如中間擺了一面鏡子。

即使距離有點遠也多少可以看出來，那是一對美女姊妹。大概是來自拉丁美洲的西班牙裔血統，肌膚呈現會讓人聯想到高級咖啡歐蕾的美麗褐色。全身穿有整套的女警服可是卻沒有戴警帽，剪成短鮑伯頭的銀髮左右兩側輕飄飄地些微展開。

兩姊妹都把雙手插在腰上，挺起胸膛——讓肩膀上有警察徽章的卡其色上衣被豐滿的雙峰從內側撐得好緊。然而手腳和繫有腰帶的腰部卻又很纖細，身材好得有如好萊塢女星。

但問題就在於……那對有如羚羊般修長的雙腳……帶有光澤的緊致大腿，上方，深藍色的緊身短裙，非常短。或許是為了方便行動，但裙襬竟然只有到胯下兩公分處。然後她們現在又很威風地張開雙腳站在那邊，同樣兩人成對的某種白色物體害我緊張得要命。可是我又不能把視線從她們身上移開。女警小姐們啊，拜託妳們也考慮一下我必須從斜下方望向妳們的心情吧。

然而也多虧如此，我爆發性的血壓漸漸提升了。「美女的裙子」這種東西在遇到被風吹起之類的狀況下會給人一種驚奇感而有爆發的感覺，不過像這樣從下面往上偷看也給人一種悖德感，同樣很有爆發的感覺啊。

另外，這對姊妹雖然連身高都完全一樣——但各自只有一邊的耳朵配戴有馬蹄形狀的塑膠耳環，因此靠左右耳可以進行分辨。

（腰帶的扣環……也是塑膠製的。上衣的胸前鈕釦看起來則像是木頭製。）

大概是不喜歡身上有金屬發出聲響吧。或許她們是像忍者一樣的類型，這樣她們把我們引誘到這種暗處的理由也說得通了。

然而我這樣的推理似乎還不夠的樣子——

「……老哥，不妙啊。這兩個傢伙……我有聽過傳聞。是貝茨姊妹。」

GⅢ額頭滲出汗水，小聲對我如此說道。

「你知道她們嗎，GⅢ？」

「諾瑪．貝茨與珊蒂．貝茨。她們不是像金天或ZⅡ那樣的人工產物，而是天然的超能力者。雖然詳細的出生地或能力都不清楚，但她們是FBI的國家公安部養的偵查員啊。」

國家公安部——那是二〇〇五年新成立的FBI機關，負責超能力者或超人所犯下讓人難以理解的犯罪案件。雖然詳細內情不為外界所知，但我聽說他們不會受到FBI被各種規則綁手綁腳的限制，而握有相當大的權限。

「像她們這種天然超人總是把我們人工天才視為眼中釘。在馬許失去地位的時候最先誘使NSA進行內部告發的人，就是那對雙胞胎。我也是因此知道那對姊妹的事情。」

雖然當時讓馬許失去地位的就是我們啦……不過既然是她們對馬許做出那種有如霸凌的追打行動，那跟我們也就不是完全沒瓜葛了。

「——喂，妳們兩個FBI。那套女警的角色扮演服，應該會被州警們討厭吧？」

為了對GⅢ說的這些話稍微進行確認，我對著貝茨姊妹中不知道是諾瑪還是珊蒂的一方如此說道。

對於我這句在飛彈發射井中迴盪的聲音……

「我們聯邦調查局的局員是這個國家的司法菁英，當中的國家公安部成員更是頂級菁英。不管穿什麼都不會有人抗議。這套制服是為了在州內進行搜查時可以比較方便才穿的。」

結果貝茨姊妹的其中一方如此回應，把自己的隸屬機關完全講出來了。

接著另一方也補充說明似地開口說道：

「說方便也不是指因為是短袖所以手臂動起來方便，因為裙子很短所以腳動起來方便之類的意思。是指穿這套衣服在搜查時比較容易得到民眾各種協助的意思喔。」

「珊蒂，這些事情不需要說明。」

「是，諾瑪姊姊。」

兩姊妹就這樣對話起來。原來如此，她們是天然呆啊。

「金次・遠山，GⅢ，你們立刻發誓不再踏入美國國土，現在就回日本去。金叉・

遠山死了。已經不在了。」

「如果你們不回去，我們就逮捕你們。到時候要是你們做出抵抗，讓你們之中任何一人，或者兩人都傳出傷亡——本部、本局也不會負擔任何責任喔。」

不管諾瑪怎麼說，我老爸都沒死。這件事情我已經調查到了，也沒有放棄搜尋老爸的打算。而且我們才剛掌握到『T夫人』這項新的線索。既然她們說要逮捕我們，我們除了戰鬥就別無選擇了。

FBI在美國國內擁有相當大的權力。不同於一般警察或武偵，就算把視為罪犯的人像垃圾一樣殺掉，也只要向上級隨便交一份幾乎全文都是拷貝貼上的報告就不會受到處罰。

也就是說，貝茨姊妹打從一開始就打算殺掉我們的可能性相當大。因此我就好好利用一下跟那對姊妹的高低差，徹底進入爆發模式吧。GⅢ也從盒子中拿出腦內神經傳導物質亢奮劑的紙片含入口中。這下兩名爆發戰士都湊齊啦。

見到我們一步都沒有要回去的態度後……

「伊藤茉斬沒有跟你們在一起嗎？」

珊蒂用睥睨的視線如此問道。原來如此，不愧是FBI，調查能力就是不一樣。

但我也沒有義務回答她那種問題，於是……

「——我在這國家做了什麼事嗎？雖然昨晚被人開槍所以反擊了一下，但難不成美國政府對正當防衛的人也要銬上手銬？」

為了多爭取一些讓血流加壓的時間，我反過來如此問對方。

然而——

「閉嘴。區區人類少在哪邊廢話。」

對方似乎也沒有義務回答我這種問題的樣子。

「給我聽好了，人類。你們不可以調查關係到美國重要機密的事情。」

「你們的行為將會影響到神的國度美國的安全保障。」

「不只如此，甚至可能導致威脅人類的地獄之門被打開呀。」

姊姊、妹妹、姊姊、妹妹。面對將臺詞拆開輪流講的這對感情很好的貝茨姊妹——

「地獄之門……？但丁《神曲》的那個嗎？」

「咱們只是在尋找老爹的下落，為什麼會跳躍到那種表現啦？」

我們則是用哥哥、弟弟的順序如此回應。但這邊的感情沒她們那麼好，才講兩句就結束啦。

「——人工天才GⅢ，關於你，還有另一件事情必須制止。」

「你試圖接觸的『F』同樣也是不可隨意觸碰的存在。」

聽到妹妹珊蒂最後這句話——我轉頭看向GⅢ。

……「F」？跟我們有關係的是「N」才對。「F」是什麼？

「……」

但GⅢ沒有看向我的眼睛。

難道這傢伙在這趟旅行中還有對身為哥哥的我都不能講的其他目的嗎……？不過他既然沒講，就是他不想講的意思。要是我貿然追問導致兄弟間出現不和諧，搞不好就會遭到貝茨姊妹暗算。所以這件事先擱到一邊吧。

為了表示這點——

我不再朝著GⅢ，而是重新看向姊姊諾瑪·貝茨。

「我們不見到老爸絕不回去。這裡是自由的國度美國吧？可是居然連父子相見的自由都沒有，根本詐欺吧。」

見到我堅持不退的態度後——

貝茨姊妹沉默了好一段時間。動也不動地過了幾秒鐘……

「Enable，GⅢ，我警告你們了。」

「確認警告了，姊姊大人。」

她們雖然如此說道，不過……

「你有聽到警告嗎，GⅢ？」

「不，我只聽到請求。說『請你們盡情痛毆我們一頓，這樣我們就會記取教訓，不會再妨礙你們了』這樣。」

「我也是聽到這樣。」

我靠這對雙胞胎對手補充的爆發模式血流已經達到實戰等級，可以戰鬥了。

而GⅢ散發出的氣魄也漸漸增強。是藥效發作啦。

「SDA排行第九十二名的 Enable。」

「人工天才第一代中被譽為最強的GⅢ。」

「能夠和你們交手是我們的榮幸。」

「從現在起，就將你們視為危害美利堅合眾國安全保障的恐怖分子，進行鎮壓。」

貝茨姊妹對我們如此宣戰，不過——

「嘿，GⅢ，聽說我現在才九十二名喔。非人哉排行榜超下面的啊！」

我倒是對這點感到開心而笑了起來。

「那是全世界第九十二名。我上次查了一下，老哥在亞洲是第三十九名啦。」

「……那樣不是反而上升了……」

可是身為我的粉絲，似乎偶爾會查一下的老弟向我如此報告，害我又掃興了。

「——首先從百分之五十開始。」

「——跟你們交手吧。」

那兩人如此說道後……

她們的眼睛漸漸地……放出紅光。類似亞莉亞的雷射裝彈又不同，而是像電熱線漸漸變紅的發光方式。隨著光芒越來越強，貝茨姊妹的身體周圍產生出肉眼看不見的力場——讓她們鬆柔的短鮑伯頭銀髮輕輕飄浮起來。

因此從頭髮底下露出來的東西，讓我和GⅢ湧起了緊張感。
雖然類似的東西我已經看慣了，不過那兩人的頭部左右兩邊竟長有乳白色的角。
原本被銀髮藏起來——呈現漩渦狀、像羊一樣的犄角。
「……是孫還有九九藻那個系統的吧。原來在你們國家還會讓那種存在當警察喔？」
「這個連我都不知道。FBI養了真多東西啊……」
我和GⅢ嘀咕著有點像在講壞話的發言，將對方的注意力——引誘到下方。
……在低頭望著我們的貝茨姊妹看不見的角度，比她們更高的位置，飛彈發射口附近，最高的踏腳處，還有一個和貝茨姊妹的眼睛同樣的紅色光芒。那是用青蛙般的姿勢蹲下身子，從兩腿之間瞄準下方敵人的風魔手中的火繩槍——火繩上的火光。
她雖然瞄著諾瑪……也就是姊妹中的姊姊，但也許是因為很難抓到不會把目標殺死的角度……就在她把身體伸出來到極限的時候……
啪……她腳下生鏽的鐵板發出了聲響。
妹妹珊蒂注意到這點，立刻抬起頭。
「——姊姊大人，有狙擊手。」
然而她這句發言中，有個致命的失誤。她漏講了『在上面』，結果姊姊諾瑪不知道除了我和GⅢ以外的敵人在何方——而必須把眼睛先看向妹妹珊蒂，再沿著她的視線望向同個方向。只要有這點時間，就足夠讓風魔扣下扳機了。

然而，事情卻出乎我的預料。

……軋、軋軋……！

在諾瑪發現風魔之前，風魔腳下的鐵板，以及支撐那鐵板的鋼架，竟**開始彎曲了**。風魔的踏腳處頓時變得像溜滑梯一樣傾斜，讓她為了不要掉下去而不得不中斷開槍。

突然像軟糖一樣扭曲的鐵板與鋼架——看起來不像是因為承受不住風魔的體重而變形的。難道是被裝了什麼陷阱嗎？不對，那麼大規模的陷阱不可能在剛才這麼短的時間內裝好。再說，我根本沒看到什麼陷阱裝置，可是鐵板和鋼架卻依然像是被什麼巨大的手拉扯似地繼續變形——

「ＰＫ嗎……！」

見到那樣不自然的情景，GⅢ頓時睜大眼睛。

所謂的ＰＫ是**Psycho Kinesis**的第一個字母縮寫，在日本被稱為「念力」。是指光在心裡想就能對物體造成物理性影響的超能力。

為了不要從融化般漸漸曲折的鐵板上掉下去，風魔把火繩槍收到背後——從防彈上衣中拿出一條鉤繩。然後將那綁在繩頭的三爪鉤擲向近處的鋼架。

（……！）

可是……鉤子卻從鋼架上偏開了。這是怎麼回事？我明明有看到那鉤子確實勾到鋼架的說。啊對了，是被念力移開的啊——！

「嗚……！」

失去支撐的風魔當場從發射井出口處摔落。發射井深不見底。風魔在掉落途中為了再次嘗試勾住鋼架而把鉤繩的爪子拉回去——卻沒抓到。鉤爪被偏移到下方去了。是貝茨姊妹透過看不見的力量進行的妨礙。

即便如此，風魔還是不放棄地再度試著拉回鉤爪。

然而，剛才在她腳下那塊變形的鐵板斷裂——不是往正下方，而是以不自然的曲線軌跡落向風魔。光這樣就已經很無視物理法則了，沒想到又發生了更加異常的現象。鐵板居然**掉落得比風魔還要快**。就連伽利略・伽利萊在比薩斜塔證明的自由落體法則，在這座發射井中都遭到扭曲了。透過貝茨姊妹的超能力……！

磅！應該重達幾百公斤的鐵板一角撞到風魔的頭部——

「——風魔！」

我看到在半空中想要接住鉤子的風魔忽然變得全身無力，是昏過去了。氣囊彈——沒時間讓我裝彈。我奔跑在沿牆壁呈現圓弧狀的格子地板上，與掉落下來的風魔互相交錯，以堪稱是奇蹟的時機接住了她的身子。

可是厚重的鐵板接二連三從上方掉落下來。於是我靠著爆發模式的超感官——抱著風魔把腳高高舉起，首先往落向自己右邊的鐵板用力一蹬。將那塊半空中的鐵板當成踏腳處，往上衝刺。

（——廊迴跳——！）

這是在爆發模式下，沿著走廊的地板、右牆、天花板、左牆、地板的順序以螺旋狀軌跡衝過去的遠山家密技的第一個動作。這招原本是為了避開前方的強敵穿越到另一邊用的技巧，而我現在拿來應用在這個特殊的狀況。沿鐵板往上衝刺後，我接著以上下顛倒的蹲姿把腳放到掉落而來的下一塊鐵板下方，一邊將它往上踢一邊往前衝，接著沿掉落到左側的——雖然體積有點小，讓人感到不安的——扭曲變形的鋼架側面，往更下方衝。

就這樣抱著失去意識的風魔，我衝過接連掉落下來的廢鐵之中……好不容易衝回了原本的踏腳處。避開了全部的掉落物，在有如斷崖邊緣的踏腳處保持住平衡……

我轉回頭仰望貝茨姊妹，發現她們從剛開始的位置一步都沒動，連張開雙腳站立的姿勢都沒變。只有用如魔物般發出紅光的眼睛睥睨著我而已。

「老哥……！」

追在我後面的GⅢ——在確認到我和風魔生還的瞬間忽然把身體放低，「啪！」一聲打開兩腳護具的膝下裝甲。緊接著，從那護具開口處便「轟！」地噴出朝正下方的火焰。

靠著自己本身的跳躍能力加上護具噴射的力量，GⅢ就像真的飛彈一樣往上飛起。朝著珊蒂的方向。但……

這明明是時機抓得非常完美的一次奇襲，GⅢ的飛行軌跡卻——**偏開了**。偏向諾瑪與珊蒂的中間一帶，然後……

「嗚……！」

又如被看不見的巨人抓住似的，GⅢ忽然靜止下來。他腳部護具內的固體燃料要燒盡了。就在誰都抓不到的發射井中心。

——啪！GⅢ揮動左手義肢，讓手腕以下的部分脫離，靠分離面的八個小噴射口水平飛出去。就在靠一條繩索與前臂相連的那個手掌要抓住遠處的鋼架時……往上偏掉了。沒抓到。

「……嗚喔……！」

不只如此。在半空中的GⅢ沒有手掌的左手義肢就像被什麼東西抓住——有如被人摔擲似地全身在空中旋轉。兩圈、三圈。因為這動作，讓他伸出去的繩索纏住了自己的頸部與右手臂。

「人工天才GⅢ——根本沒什麼大不了的嘛。還以為可以讓我們多享受一下的說，真是期待落空了。呵呵呵！」

「那三人終究只是普通的人類呀，姊姊大人。看隨從只有那點程度，Enable肯定也沒什麼吧。呵呵呵！」

睥睨著我們的貝茨姊妹有點興奮地如此說道後，就像做體操般轉動雙臂。

結果……啪哩啪哩啪哩啪哩……！那手臂轉向的方向上所有的鐵板與鋼架就像是被隧道挖掘機碰到似地**挖了下來**。加起來應該不只一、二十噸重的鐵板與鋼架——隨著互相碰撞的聲響，化為一片鋼鐵暴風。現在這座飛彈發射井內部變得有如一隻能咬碎鋼鐵的巨龍口中。而朝著位於喉嚨處的我們，各種鋼鐵扭曲、變形、斷裂地掉落下來。

貝茨姊妹……這念力強度也太誇張了吧……！

『念力』這種能力本身我也不是沒看過，像金女可以靠看不見的拳頭捶打遠處物體的Pulse needle也是屬於念力的一種。但現在我眼前這個力量可是強了好幾億倍啊……！

「GⅢ……！」

我抱著依然沒有恢復意識的風魔，光是讓自己不要被雪崩般的鐵塊擊中就已經很吃力了。沒辦法去救助GⅢ……！

「嗚……嗚喔喔喔……！」

──彷彿吊著身體的細線被剪斷似地……

GⅢ隨著接連落下的廢鐵，朝發射井直直掉落下去──！

「GⅢ──！」

隆隆隆隆隆隆……！從深淵底部傳來廢鐵落地的聲響，並且可以微微看到塵土飛揚。被鋼鐵瀑布壓到下面的GⅢ已不見蹤影了。

抱著風魔，只能貼在發射井牆邊避難的我──

「「V♪　V♪　Victory♪」」

聽到貝茨姊妹嘻笑似的合唱聲。

我因此咬牙切齒地抬起頭，卻看見那兩人竟朝著我雙手比出V形手勢。

然後就連露出笑臉的時機都完全一致的那兩人……飄起銀髮，咧嘴露出像惡魔一樣的笑容。

不對，那不是「像」而已……！

那兩個傢伙根本不是屬於這世界的存在。和猴、九九藻、弗拉德或希爾達不一樣。跟霸美或闇也不同。這不只是在講強度等級不同而已，而是能感受到更為異質的感覺。她們隱約可見的本性、真實身分的一角中，具有與我至今見過的各種半人半妖們不同的某種東西。

我感受到，不得不感受到，她們身上流的血液不同。遵循的因果定律不同。出生世界的法則不同。

爆發模式的直覺讓我知道，貝茨姊妹恐怕就是從她們自己剛才說過的「地獄之門」另一側過來的存在……

——**真正的惡魔**啊——！

後記

慶祝小說《緋彈的亞莉亞》第ＸＸＸ集出版！系列作累積銷售突破ＤＣＣＣ萬冊！

所謂的第ＸＸＸ集，是第三十集的意思。真是不好意思，每次都寫得這麼難懂。

這些一切都是從剛好十年前──二〇〇八年十二月的筆者認為「羅馬數字好帥氣！」而把第二集的標題寫成《緋彈的亞莉亞Ⅱ》開始的。

順道一提，目前的集數中文字數目最多的是ＸＸＶＩＩＩ──第二十八集，總共六個文字。要把這麼多字塞進窄窄的書背肯定讓封面設計師傷透腦筋了吧。而超過這個數目成為七個字的集數是ＸＸＸＶＩＩＩ──第三十八集。第三十九集是ＸＸＸＩＸ集，第四十集就是ＸＬ集了。Ｌ代表五十的意思，所以減掉Ｘ（十）就變成四十了。

筆者在第二十二集的後記也有提過，一般人不太熟悉的「Ｌ」這個羅馬數字的腳步聲也漸漸接近啦。Ｃ是一百，Ｄ是五百的意思，所以我一開始提到的ＤＣＣＣ萬冊就是指『八百』萬冊了。真的非常感謝大家的支持與愛護。

現代的羅馬數字據說最大可以標記到３９９９（ＭＭＭＣＭＸＣＩＸ），也就是說論標記這部小說可以延續到第３９９９集，繼續出一千年以上。筆者目前還很健康地可以繼續寫下去，也請各位要長壽，繼續支持喔！

好了，各位，或許有人已經注意到今年赤松聖誕老人在聖誕節之前～就來臨了吧。沒錯，為了紀念緋彈的亞莉亞十週年，「緋彈的亞莉亞　Blu-ray BOX」與「緋彈的亞莉亞ＡＡ　Blu-ray BOX」好評銷售中喔！

然後赤松聖誕老人在聖誕節之後也會來臨。是年中聖誕老人呢。

首先從漫畫開始。漫畫版《Cheers! 愛的鼓勵》與《緋彈的亞莉亞　紫電魔女Ⅲ》預定將在明年2月發售！《Cheers! 愛的鼓勵》是首次出刊漫畫版。在等待小說第四集出版的這段時間，請務必在漫畫中也跟千愛她們好好相處喔。

接著是重大發表！十週年紀念企劃還沒完！

《緋彈的亞莉亞》**特別粉絲書**預定將在三月發售！關於絕對可以讓各位讀者們期待的這本書，敬請等待ＭＦ文庫Ｊ發出後續消息喔。

那麼——期待下次在換了新年號的日本再相見。

二〇一八年十二月吉日　赤松中學

祝!! アリア 30
※賀亞莉亞第30集出版!!
■亞莉亞系列不知不覺間到了第３０集囉！
這次是風魔！
希望我有把風魔可愛的部分畫出來。
那麼期待下一集再相見！

緋彈的亞莉亞

Aria the Scarlet Ammo

浮文字

緋彈的亞莉亞(30) 追逐茉莉花
(原名：緋弾のアリアXXX 茉莉花を追え(スーパー・チューズデー))

作者／赤松中學　封面插畫／こぶいち　譯者／陳梵帆
發行人／黃鎮隆　副總經理／陳君平
總編輯／洪琇菁　國際版權／黃令歡
執行編輯／呂尚燁　美術主編／李政儀
企劃宣傳／邱小祐
出版／城邦文化事業股份有限公司　尖端出版
台北市中山區民生東路二段一四一號十樓
電話：(〇二)二五〇〇七六〇〇　傳真：(〇二)二五〇〇二六八三
E-mail：7novels@mail2.spp.com.tw
發行／英屬蓋曼群島商家庭傳媒股份有限公司城邦分公司　尖端出版
台北市中山區民生東路二段一四一號十樓
電話：(〇二)二五〇〇—七六〇〇(代表號)
傳真：(〇二)二五〇〇—一九七九
北部經銷／祥友圖書有限公司
電話：(〇二)八五一二—三八五一
傳真：(〇二)八五一二—四二五五
中部經銷／楨彥有限公司
電話：(〇二)八九一九—三三六九
傳真：(〇二)八九一四—五五二四
雲嘉經銷／智豐圖書股份有限公司　嘉義公司
電話：(〇五)二三三—三八五二
傳真：(〇五)二三三—三八六三
南部經銷／智豐圖書股份有限公司　高雄公司
電話：(〇七)三七三—〇〇七九
傳真：(〇七)三七三—〇〇八七
一代匯集／香港九龍旺角塘尾道六十四號龍駒企業大廈十樓B&D室
電話：(八五二)二七八三—八一〇二
傳真：(八五二)二七八二—一五二九
馬新經銷／城邦(馬新)出版集團　Cite(M)Sdn.Bhd.
E-mail：Cite@cite.com.my
法律顧問／王子文律師　元禾法律事務所
北市羅斯福路三段三十七號十五樓
二〇一九年四月一版一刷

■中文版■

郵購注意事項：
1. 填妥劃撥單資料：帳號：50003021戶名：英屬蓋曼群島商家庭傳媒(股)公司城邦分公司。2. 通信欄內註明訂購書名與冊數。3. 劃撥金額低於500元，請加附掛號郵資50元。如劃撥日起 10～14日，仍未收到書時，請洽劃撥組。劃撥專線TEL：(03) 312-4212 ・ FAX：(03) 322-4621。E-mail：marketing@spp.com.tw

國家圖書館出版品預行編目資料

緋彈的亞莉亞30 / 赤松中學 著 ; 陳梵帆 譯.--1版.
--臺北市：尖端出版, 2019.04
面 ; 公分.--(浮文字)
譯自:緋弾のアリア
ISBN 978-957-10-8515-9(第30冊：平裝)

861.57　　108001195